篱笆的田园生活

篱笆 林莉◎著

春风文艺出版社
·沈阳·

图书在版编目（CIP）数据

篱笆的田园生活 / 篱笆，林莉著 . -- 沈阳：春风文艺出版社，2024.4
　ISBN 978-7-5313-6535-8

Ⅰ . ①篱… Ⅱ . ①篱… ②林… Ⅲ . ①散文－中国－当代 Ⅳ . ①I267

中国国家版本馆 CIP 数据核字（2023）第 181486 号

春风文艺出版社出版发行
沈阳市和平区十一纬路 25 号　　邮编：110003
三河市华东印刷有限公司印刷

责任编辑：韩　喆　平青立	责任校对：陈　杰
装帧设计：四川悟阅文化传播有限公司	幅面尺寸：145mm×210mm
字　　数：251 千字	印　　张：9.5
版　　次：2024 年 4 月第 1 版	印　　次：2024 年 4 月第 1 次
书　　号：ISBN 978-7-5313-6535-8	定　　价：78.00 元

版权专有　侵权必究　举报电话：024-23284391
如有质量问题，请拨打电话：024-23284384

我是农村的孩子，通过自己的努力做着与农业有关的事业，在这春暖花开的小世界里，有我和大自然的一切，还有你们

序　让梦想开出花来

"你的梦想是什么？"我们每个人小的时候似乎都被"灵魂拷问"过类似的问题，只是你还记得你当初的答案吗？

如今，它实现了吗？

此刻，或许你正在陷入沉思，又或者怅然若失地试图打开尘封已久的那段往事。现实中的我们，长大后的我们，不得不被岁月的洪流推搡着奔赴远方，曾经那个单纯的梦，便永远只是一个梦了。

它被安静地搁浅在我们灵魂的一隅，落满尘埃，写满无奈，饱经风霜。唯有深夜时分，或某一个特别的瞬间，突然跳脱出来，提醒着你我：原来，曾经我也是一个有梦的人。

篱笆，一个注定为田园而生的女子。

她是普通的，没有被天使吻过的面容，如弱柳扶风般柔弱。她却又是不平凡的，她心怀梦想，一生只做一件事，就是把花种好。她是勇敢的，不管经历多少次狂风暴雨，都矢志不渝地捍卫自己的梦想。

风雨过后，不一定有彩虹，但一定会有阳光。

阳光洒在花园里，花儿开得热烈。阳光洒在她的脸上，她笑靥如花。一切因为有了热爱，便有了生生不息的力量，便有了水到渠成的未来。

而那些曾经经历过的狂风暴雨，终将化成生命里最动人的花纹。

在这个自媒体火爆、网红泛滥的浮华年代，如果有一个人能够远离喧嚣，安静地独守一隅，用爱守着素心，在悠悠的岁月里编写一首如梦如幻的生命之歌，这样的女子，是否让你注目？

人生若梦了无痕，她拍视频的初衷只是为了记录田园的生活、孩子的成长，不承想却收获了全网数百万的粉丝。

鲜花掌声，高光时刻，不期而至，但篱笆却并不为之所累。她总是淡淡地说："我是一个淡泊名利的人，简简单单地生活，踏踏实实地种花，这点始终不会改变。"

头戴一顶卷檐儿小草帽，身着一身飘逸长裙，搭配上棕色麻布的围裙，或浇水，或施肥，或锄地种菜……动作娴熟，得心应手，田园的土地似乎是她的画纸，生活给了她灵感，让她在这片热土上尽情地"挥毫泼墨"。

长期的劳作日晒，篱笆的皮肤虽不白皙但很细腻，桃绒般的麦色皮肤，一双温情的眼睛总是那么含情脉脉，也许是每天与大自然为伴的缘故，她的一颦一笑中总给人一种清雅文艺之美。她爱笑，笑起来像一个娇羞的少女，脸上泛起浅浅的红晕，令人心旌摇曳。

她的身上，有一种与众不同的气质。在她身上，你能看到《飘》中斯嘉丽的坚毅勇敢，你也能领略《浮生六记》里芸娘的诗意情调。不，她又仅仅是她自己——一个不可复制、独一无二的篱笆。

来到篱笆的田园，你时常会有一种感觉，总觉得同样的花，在她的田园里的花仿佛就被赋予了一种神奇的魔力，一种与众不同的魅力。

什么样的人，谱写什么样的生活。我们做的每一顿饭，我们生养的孩子，我们的家居摆设，无一不是我们对生活交上的答卷。过程或许会掺假，但结果永远不骗人。正如篱笆花园里的花，很多人都羡慕她随便撒上一地的种子，就能开到火爆。但却鲜有人看到，每一株花草，其实都饱含着她日积月累的辛苦和坚守，没有人知道她失败了多少次才有了如今的光芒万丈。

渐渐地，在岁月的沉淀下，她总结出了一套独有的"养花造园"秘籍。她说，她想尽自己的绵薄之力，让这世界更多的人去爱生活、爱大自然，与万物生灵和谐相处，在天地中找回真正的自己。

于是，在这本书中，篱笆将自己如何从一无所有到如今把梦想做成了事业的故事向读者朋友们娓娓道来。

这是一本追求梦想的书。

这也是一本书写爱情的书。

这更是一本品味生活的书。

读着别人的故事，品味自己的人生。静下心来，看一朵云，闻一朵花，品一盏茶，时光清浅中，你便找回了最初的自己。

只若初见

倾慕已久，终于在一个夏日的午后，初遇篱笆。

穿过一段曲径通幽的林荫小路，鸡鸣狗吠中来到了一片葱郁的雨林深处，我正疑惑是否找对了方向，却看到不远处一位身着长裙的女子正从古朴院落中款款走来。她走起路来娉娉婀娜，瀑布般的长发摇曳生姿，似有江南女子的雅韵。

见到我们她先是莞尔一笑，接着用略带重庆口音的普通话热情地招呼着我们。

她身材纤瘦、声音柔细，虽算不得惊艳，却有一种说不出的古典之美，给人一种极为亲近的天然美感。

此时，我忍不住脱口而出："篱笆，你真的从视频里走出来了！"

……

篱笆带我们来到她悉心经营了十余年的花园院落。走近院落，仿若来到了另一个世界，全无车马喧嚣，只闻鸟语蝉鸣，涤荡万千尘埃，隐却繁华熙攘，心不知不觉便安静了下来。

但闻花香，不谈悲喜。整个花园郁郁葱葱，错落有致，蜂蝶环绕,四季如春,瓜果不绝。

10年前篱爸造园时亲手摘种的印度紫檀早已是挺拔蔚然,为庭院撑起一片清凉浓密的绿荫。瓦屋前,长满了青苔的灶台上,还残留着燃烧时的热烈,仿佛诉说着这座隐世庭院里那渐行渐远的故事。

坐于庭前的木制茶几边,我正惊叹于茶几的匠心独运,却得知竟出自篱爸之手,经过她的慧心巧手,废旧的木料也成了"珍品",内心愈加对这个神奇的女子多了几分敬慕。

于院落一隅采撷新鲜的茉莉花,藏于荷花苞心,煮茗闲谈,时有暗香浮动。虽值盛夏,却有阵阵凉风倏然而至,细碎的阳光透过茂密的叶隙,洒落至案几,风移影动,斑驳有致,姗姗可爱。

茶到浓时话亦深,谈及如何走到如今时,篱爸的眼睛里忍不住泪光闪闪,她说:"别人都说一个成功的男人背后一定有一个了不起的女人。而在我们家却恰恰相反,可以说没有华哥,就没有如今的我。"篱爸还说,华哥不是富二代,他只是用无怨无悔的爱为她徒手搭建了一个"梦想王国"罢了。

说完,篱爸深情的目光望向不远处在地里正顶着烈日给花田除草的男子,他个头不高,皮肤黝黑,不善言辞。这就是华哥。他就是篱爸背后的那座山,篱爸背后的那个男人。

后来我才发现,篱爸田园里的花花草草原来都沾满了她和华哥爱情的"雨露",园子里的每一寸土地都见证了他们风雨相伴的爱情。

"爱生活,爱大自然,育儿,育己。"这是篱爸主页上的自我介绍。

"爱篱爸,爱家,爱大自然。"这是华哥的自我介绍。

看似简单的文字,细细品味,却着实令人感动。

在他们相爱的岁月里,没有山盟海誓的甜言蜜语,也没有轰轰烈烈的你侬我侬，有的只是琐碎生活里的平凡烟火。

16年前，篱爸说："我想面朝大海，春暖花开。"华哥说："我想带你一起面朝大海，春暖花开。"

于是，他们相伴来到海南，在房前屋后种满了鲜花。那个时候的他们，穷得只剩下梦想。

10年前，篱爸说："我想家了，我想回家。"华哥说："我要给你一个家，从此以后，你的世界里便有人为你遮风挡雨了。"

于是，他们走入婚姻，有了一双可爱的儿女。

5年前，篱爸说："我想我的花园里常有瓜果飘香。"华哥说："勇敢追梦，回头有我，无论你做什么我都是你坚强的后盾，哪怕你失败了一无所有，我仍会守护着你，守护着我们的梦！"

于是，他们又有了上百亩的果园，一年四季瓜果飘香、硕果累累。

幸福的婚姻到底是什么呢？或许就如他们这般，用爱守护，彼此成就，无论生活有多么琐碎，依然能用爱和陪伴谱写出一篇又一篇绝美的动人情书。简单平淡的日子，却被他们过成了一首诗。

"她的内心住着一个小女孩，这个小女孩整天做着花仙子的童话梦。我发誓这辈子都要保护好她，我要她一直这样无忧无虑地做梦，永远都不要醒。"华哥说。

不知为何，听到这些，我的眼角竟突然有些湿润。

此刻，我想，故事才刚刚开始……

篱笆的院子

目录 CONTENTS

第一章 童年——一道明媚的忧伤

没有裙子的"花仙子" …………… 002

画在地上的梦想 …………… 003

乡土情结 …………… 004

梦里花落 …………… 005

第二章 当爱情来敲门

遇见你，在初夏 …………… 010

篝火晚会 …………… 012

为你写诗 ………………………………………… 015
爱在心底 ………………………………………… 018
爱的箴言 ………………………………………… 020
飘雨的夜 ………………………………………… 024

第三章　为爱颠沛流离

爱之初体验 ……………………………………… 028
为爱走天涯 ……………………………………… 031
一个人的艰难跋涉 ……………………………… 035
初到三亚 ………………………………………… 037
骨感的现实 ……………………………………… 039
低到尘埃里 ……………………………………… 042
幸福的曙光 ……………………………………… 044

第四章　奔赴星辰大海

人生的岔路口 …………………………………… 048
刻骨铭心的告别 ………………………………… 050
人在"囧"途 …………………………………… 054

第五章　纸上得来终觉浅

人生的春天 ················· *058*

重遇自己 ·················· *060*

众里寻"它" ················ *062*

开荒造园 ·················· *064*

"热带农民" ················ *066*

海边小木屋 ················· *070*

简单的快乐 ················· *075*

不结果的果树 ··············· *077*

入乡随俗 ·················· *079*

谁动了我的果子 ············· *081*

第六章　当梦想再度破碎

台风初体验 ················· *088*

被摧毁的家园 ··············· *091*

打道回府 ·················· *093*

第七章　何处是我家

当梦想重回起点 …………………… **098**
从此，不再流浪 …………………… **101**
一场声势浩大的迁徙 ……………… **103**
你守着花园，我守着你 …………… **105**
卖花的姑娘 ………………………… **107**
幸运在下一个拐角 ………………… **110**
"偷来"的插花技术 ………………… **112**
梦想在开花 ………………………… **115**
我愿意为你 ………………………… **117**

第八章　面朝大海　春暖花开

午后的田园时光 …………………… **122**
我要嫁给你 ………………………… **124**
花园宝宝诞生了 …………………… **128**
愿你慢慢长大 ……………………… **130**

第九章　田园童趣

春播秋种 ………… *135*

田园萌宠 ………… *140*

安静的田园 ………… *145*

特别的爱 ………… *146*

第十章　田园艺术

用爱编织的时光 ………… *150*

花荫小路 ………… *152*

树叶做的水池 ………… *155*

旧书桌也有春天 ………… *158*

破碎之美 ………… *160*

第十一章　田园花事

千娇百媚 ………… *165*

制作花茶 ………… *168*

第十二章　田园味道

炊烟袅袅 · **175**

从农田到餐桌 · **178**

妈妈的味道 · **180**

秘制美味 · **182**

第十三章　田园风雨

神秘的儿童节礼物 · · · · · · · · · · · · · · · · **186**

"篱笆岛"诞生了 · · · · · · · · · · · · · · · · · · **190**

"篱笆岛"的由来 · · · · · · · · · · · · · · · · · · **192**

突如其来的"暴风雨" · · · · · · · · · · · · · **194**

与命运的博弈 · **198**

爱的奇迹 · **201**

回到我们最初的模样 · · · · · · · · · · · · · · **204**

第十四章　逐梦篱笆岛

披荆斩棘逐梦路 · · · · · · · · · · · · · · · · · · · **210**

诗意的石板路 · **213**

池塘变泥坑	*215*
名不虚传的百果园	*216*
我们的童话小木屋	*218*
百果飘香	*221*

第十五章　梦圆篱笆岛

一个人的清欢	*233*
两颗心的相守	*244*
三餐富足	*250*
四季温暖	*253*

第十六章　田园之爱

自然科普	*261*
绽放华彩	*268*
文艺情怀	*271*
扎根海南	*275*
助力农业	*278*
载誉归来	*281*

有人锦衣玉食高楼华宇日子依旧乏味,有人粗衣寒舍满手老茧却把日子过成了诗,关键看你是否有一颗诗意的心

第一章
童年——一道明媚的忧伤

没有裙子的"花仙子"

篱笆，原名朱雪梅，出生于重庆永川县幸福村的一个农户家庭，父母及祖辈世代都是以务农为生，她还有一个哥哥。

因为是女孩，小时候的她不被父母重视，身上穿的永远都是从亲戚那里淘汰下来的旧衣服，她甚至连一条像样的连衣裙都没有，做梦她都渴望能拥有一条真正属于自己的连衣裙。

小时候的篱笆

画在地上的梦想

贫穷,并没有让"花仙子"的梦想磨灭,只是换了一种方式与出口。

小时候的篱笆,喜欢画画,也喜欢读海子的诗。

于是无数个同父母一起劳作的间歇,她时常坐于田垄地头,望着远处渐退的落日余晖,做着无边无际的梦。

缥缈朦胧的日暮时分,她的眼前总会一次次出现这样的幻觉:有一天,自己长发及腰,穿着霓裳长裙,宛若惊鸿,娉婷多姿,徜徉于汪洋大海边的一处花园里,顾盼生姿……

兴之所至,她也会随意折一根树枝,以大地当画纸,于微润的土地上画出一个个情态各异的花仙子。

就这样,"花仙子"的梦在小篱笆的心里一发不可收拾。家里的旧木桌、水泥墙面上、作业本的背面、书本的空白处……只要有空的地方都成了篱笆绘画的"稿纸",也让她的童年生活开始有了一丝丝亮光。

爱花,想要成为花仙子,也成了篱笆自那时起便萌发的情结。

乡土情结

暂时做不成"花仙子"的篱笆，索性成了村子里数一数二的"假小子"。

童年岁月里，她时常穿着并不合身的背带裤，满身泥巴地同小伙伴们在小河里挖泥鳅、捞小鱼，有时也会用枝条做的弹弓打鸟，甚至带头爬树偷邻家熟透的果子吃……农村生活，给了篱笆无穷无尽的力量，也让她深深爱上了这一片热土。

有人说，无论我们今生走多远，不管走到哪里，童年的印记都会如同胎记一般，伴随我们一生的年岁，成为我们无法被抹去的生命印记。

而乡土，就是篱笆童年记忆里那一抹无法忘却的"乡愁"。

梦里花落

时节如流,岁月缝花。转眼篱笆已到了豆蔻年华,那时的她虽清瘦,却已然出落得亭亭玉立。对于农村生活的热爱,对于田园生活的追求,犹如火种,时刻在她的心中熊熊燃烧。

少女时期的她不仅爱做梦,而且还爱上了阅读。篱笆说,在璨若星河的名著中,《简·爱》和《飘》是她心头的最爱,在简·爱身上她看到了纯粹浪漫的自由主义,在斯嘉丽的故事里她顿悟了女人原来还可以活出另一种精彩……

书籍,似一抔抔沃土,悄无声息滋养着儿时那个时隐时现的梦,一次次撩动着篱笆那颗青春悸动的心。

于是从学校毕业以后,篱笆决定只身一人到大山外面的世界去闯闯,她想证明给所有人看:花仙子,不只是她的一个梦。

起初,篱笆想开一家花店。可当她兴致勃勃地来到重庆繁华闹市,看着眼前熙熙攘攘的人流,望着鳞次栉比的高楼大厦,她忽然感受到前所未有的迷茫:偌大的城市里,自己仿若一粒微不足道的尘埃。当生存都成了问题,遑论诗和远方?

无奈,内心一向要强的篱笆只得将开花店的梦想深藏于心底,她决定先找一份工作,养活自己再说。

由于刚毕业没有什么工作经验,再加上篱笆性格内敛,不善推销,最初的求职对她来说可谓屡屡碰壁,将近大半个月的时间过去了,工作的事却丝毫没有任何进展。

直到后来,在同学的介绍下,她才进入到一家规模不大的公司做起了销售员。对于这份销售工作，篱笆深知并非自己所爱，但为了在这座陌生的城市生存，她还是决定好好珍惜这份来之不易的工作。

就这样，她和很多人一样，过起了朝九晚五的上班生活。

没有经验，她便多请教多学习多钻研，那时候的她几乎每天都是公司最后一个下班的。不善言辞，篱笆便勤恳做事默默付出，无论刮风下雨，阴晴冷雪，篱笆总会坚持第一个到公司，除了提前做好当天的工作准备外，她还总会帮领导、同事打扫卫生，提前打好热水等，尽心做好每一件力所能及的事。

所有这些，篱笆不过是希望自己能得到周围人的认可，期望通过自己的努力来获得从未感受过的重视感罢了，这或许会成为支撑她走下去的星星之火。

可即便这样，篱笆的付出依旧未能得到领导的认可，周围的同事也总是明里暗里议论她、排挤她，处处对她挑三拣四。

她的努力，被同事说成是不合群；她的认真，被领导定义为不灵活；她的付出，被大家诟病成刻意献殷勤……

那时候，小时候的自卑感总会一次次来袭，将她再次湮没在冰冷的沼泽地，她拼命挣扎想要逃脱，却发现除了一身伤痛，竟无力反抗。

很多个夜晚，她总会独自一个人蜷缩在出租屋里默默流泪，有时她也会怀疑自己，甚至暗自嘲笑自己："灰姑娘"长大了，可还是逃不出"灰姑娘"的宿命啊！

她的人生：黑暗、迷茫又无助，仿佛一潭死水，深不见底。

篱笆，是一个像春天一样的女子，心存善良，眼波温柔，所到之处皆为美好，举手投足皆有风雅

如果和你爱的人，从此归隐田园，不问尘世，耕田种花，闲话桑麻，你可愿意？

第二章 当爱情来敲门

遇见你，在初夏

沈从文在初遇张兆和时曾写过这样一段情话：我走过许多地方的路，行过许多地方的桥，看过许多次数的云，喝过许多种类的酒，却只爱过一个正当最好年龄的人。

穿越岁月的风雨，多少男男女女以同样的美丽邂逅开启着自己人生浪漫的爱情故事，亦如篱笆与华哥的相遇。

2006年夏季的一个午后，篱笆哥哥乔迁新居，应哥哥的邀请，篱笆前往哥哥的新宅参加一场篝火晚会。

那天，从小就是哥哥跟屁虫的篱笆一下班便早早来到哥哥的住处，帮着嫂子料理家务，也顺便帮哥哥筹划晚上的篝火晚会。

好不容易忙得差不多了，一向爱读书的篱笆便又开始迫不及待地掏出那本百看不厌的书——《飘》，一个人径直走到院落里，寻一处安静的角落，饶有兴趣地看了起来。

此时，夏日午后知了不知疲倦地叫着，院落中的栀子花开得正浓，在微风的吹拂下，摇曳生姿。片片栀子花飘落在篱笆的长发上，洒落在书页上，降落在她的百褶裙上……美得不可方物。

"你好，请问这是阿辉家吗？"

突然，一个低沉的声音打破了这份沉静。

篱笆抬起头来，仔细一看，面前这个黑黑瘦瘦、戴着黑框眼镜的小伙子，自己并不认识。他的手里还拎着几条活蹦乱跳的大鱼。

看篱笆有些迟疑，小伙子继续解释道："是这样，我是阿辉的同学，应邀过来参加晚上的篝火晚会。你也是吗？"

"哥，你同学来了！"篱笆是个急性子，没等回答他的问题便先忙着唤哥哥出来接应。

"原来你是篱笆妹妹呀，经常听你哥哥说起你呢。我是华哥，以后……"一向腼腆的华哥一下子竟不知哪儿来这么多话。

此时的篱笆仍沉浸在刚才的读书中，对于华哥的寒暄她只是礼貌地莞尔一笑，并没有听得真切。

待哥哥出来招呼后，她便又沉浸到自己的书海世界里去了。

篝火晚会

哥哥将篝火晚会的地点选在了家附近的一片旷野中，这里草长莺飞，附近还有一条溪流缓缓流淌，更增添了雅韵。在这里以天为盖，拿地当席，流觞曲水，尽情欢娱，别有一番情趣。

篱爸从小就心灵手巧，看到此情此景，忍不住就地取材，在旷野里采来野花茅草，不一会儿工夫便将餐桌布置得温馨雅致。

夜幕逐渐降临，篝火熊熊燃烧，更增添欢乐的氛围。哥哥和朋友们伴随着动感的音乐，尽情地载歌载舞，享受着青春的盛宴。

席间，哥哥提议说："不如我们做个游戏吧，就先从大家都会玩的真心话大冒险开始，怎么样？"

刺激有趣的游戏使得整个篝火晚会的气氛更加热烈，一阵阵爽朗的笑声传向遥远的天际。

其间，篱爸输了游戏，成了大家争相调侃的对象。为了避免被这群哥哥姐姐再次"戏弄"，她索性选择了说出真心话作为惩罚。

"这辈子你最想做的事是什么？"一个大眼睛姐姐向篱爸抛出了问题。

"其实，不怕大家笑话。我从小就有一个梦想，就是每天穿着花裙子，在遥远的大海边，和心爱的人，种一亩花海，过海子诗歌当中说的'面朝大海，春暖花开'的生活……"

"一听就是涉世未深的小姑娘，什么花花草草的，能当饭吃呀？等到我们这个年龄就知道，没有钱的话，你所谓的这些个'风花雪月'那都叫扯淡！一文不值！"

"是呀是呀，没有经济基础，谁还有闲情种花，再说了你还真把自己当'花仙子'了？"

……

篱笆还没说完，没想到在座的哥哥姐姐们竟你一言我一语地开始说教起来。

这让她原本兴奋快乐的一颗心骤然暗淡了不少。她想要解释什么，但仔细一想还是算了吧，因为懂你的人不必解释，不懂你的人解释了也没用。

接下来的晚会上，篱笆的心思总是飘忽不定，那些话在她的头脑里反复回荡着，将她的思绪再一次拉到很远的地方。

这期间，大家都在忙着各自的快乐，没有一个人注意到篱笆的变化，除了华哥，那个相貌平平的小伙子。

篝火晚会结束时已接近凌晨，待大伙陆续离场后，篱笆便心不在焉地和哥嫂一起收拾东西。说实话，这场篝火晚会，她过得并不如期待的那般开心，她忍不住嘟囔了起来："谁规定的人生只有一种可能呢？我说实话吧，你们又说我不现实，难道我真的是不务正业吗？"

"谁说你这叫不务正业，我觉得你很勇敢，有梦想的人就是与众不同！"

一个声音引起了篱笆的注意，一扭头，原来是下午来给哥哥送鱼的那位同学——华哥。

见到华哥的第一眼，篱笆并未对他有特别的印象，只依稀记得他好像是哥哥的同学。

篱笆抬起头看了一眼，也不知该说些什么，便又自顾忙活起来。

没想到，华哥却走了过来，笑着对篱笆继续说："小妹，我听你哥哥说起你经常读书,我也一样呢。你有没有什么好书借我看看,看完就还你。"

对这样老套的寒暄,篱笆打心眼里不喜欢,本想一句话把他给打发了,但碍于哥哥的面子,还有看在他送的那几条鱼的份儿上,篱笆还是决定对他客气一点。

于是,她一句话也没说,径直走到背包处拿出一本书草草塞给了华哥。

只是,那时的篱笆并不知道,这个笨笨拙拙的男孩子竟会是那个改变她一生命运的"真命天子"。

很多年以后,当他们再笑着回忆往事时,本不善于言辞的华哥也时常讶异当时的自己哪里来的这么大勇气,勇敢迈出爱情的第一步。

华哥说,在这个世界上,他曾看到过数不清的美丽女子,而唯独看到篱笆的第一眼,他便确认了,这个女孩就是他一生都想要守护的那个人。在旁人眼中,或许她只是一个普通得不能再普通的女孩子,但在华哥的眼里,篱笆却有着与众不同的气质,他喜欢她天马行空做梦的样子,喜欢她浪漫细腻的情怀,喜欢她澄澈如水的眼睛……

那场篝火晚会,其实早已注定了他们这一生不解的情缘。

只是那个时候的篱笆,并未察觉。

为你写诗

自从与篱笆有了篝火晚会上的短暂邂逅，工作之余华哥总忍不住想起这个特别的女孩。从那以后，他有事没事就去篱笆哥哥家串门，试图从哥哥口中了解到更多有关篱笆的消息。

从哥哥那里，华哥知道了篱笆从小就对浪漫的田园生活充满了向往，他还知道目前她在一家园林公司上班，目的就是增加园艺工作的经验，将来好实现自己心中的梦想。

知道得越多，他越发对这个女孩产生兴趣，总是想法设法寻求与她再次见面的机会，他还特意从篱笆哥哥那里打听到了篱笆的电话。

哥哥看出了华哥的心思，也会时不时地在篱笆面前提起华哥，也是在哥哥这里，篱笆知道了这个华哥原来是位老师，并且是家里的独生子。

好不容易熬到了周末，华哥躺在教师职工宿舍床上辗转反侧，无论如何也无法按捺住自己想要再次见到篱笆的冲动。他拿起手机找出她的电话，可在即将拨出去的那一刻他还是有些犹豫：这样做未免有点唐突了吧，人家女孩子会不好意思的。算了，这次我还是先发信息试试吧！

"篱笆你好，我是华哥。我借你的书看完了，谢谢你。为了表示谢意，晚上我想还给你，顺便请你吃个饭。请问你有时间吗？"

……

此后等待的每一分钟对于华哥来讲都是如此地煎熬和漫长，

每一秒他都紧张得心脏似乎要跳脱出来，他不停地翻看着手机，生怕错过篱爸回复信息的第一时间。

只听"叮咚"一声，华哥终于等到了篱爸的信息："华哥你好，你不用客气。书的话你直接还我就好了，我的地址是×××，吃饭就不用了吧！"

虽然篱爸没有答应他的用餐邀请，但想到马上就能看到篱爸，华哥还是兴奋得跳了起来，他马上抖擞精神开始刮胡子，仔仔细细地收拾起自己来，希望篱爸能多看自己一眼。

按照约定的时间地点，华哥早早地等候在那里，张望着，期盼心中的"女神"早点出现。

可当篱爸真的出现在自己面前，在心中打了无数次草稿的华哥竟还是支支吾吾一句话也说不出来，无奈，他不好意思地挠挠头，拿出还给篱爸的书，语无伦次地说："那个，你的书很好看。我——听说你喜欢读书，我给你买了一本，是海子的诗集，希望你能喜欢。"

没等篱爸回答，华哥便将两本书塞到篱爸手里，然后便一溜烟儿走远了。

没缓过神来的篱爸怔怔地站在那里，想起刚才华哥那憨憨的窘态，她忍俊不禁。

可是，当她回到办公室，无意间翻开华哥送的这本海子的诗集时，一朵火红的玫瑰花竟心思巧妙地别放在书的扉页处，旁边还有几行工整的字迹：

第一次见你，就觉得你和别的女孩不一样。我相信，终有一天你的梦想会开花。你仰望星空的样子真美！

——华哥

闻着玫瑰淡淡的清香，抚摸着这段炙热的文字，篱笆仿佛看到了华哥写下这些文字时认真专注的模样，一股暖流瞬间将她击中。她的嘴角忍不住轻轻上扬，她头一次对这个男孩有了一丝丝好感。

爱在心底

从上次还书以后，华哥对篱笆的思念越发强烈。日里夜里，篱笆成了他魂牵梦萦的女孩，他总是想着如何才能再与篱笆相遇，哪怕远远地看她一眼也好。时光，在那一刻也仿佛停滞了下来。

华哥不好意思总直接打扰篱笆，于是只能从她哥哥那里间接得到她的消息。于是，那段时间华哥成了篱笆哥哥家里的常客，但凡有关篱笆的一切消息他都是如获至宝，兴奋得像个孩子。

一次偶然的机会，华哥听说过几天就是篱笆20岁的生日了。虽然完全没有恋爱经验的华哥根本不懂如何制造浪漫，更不知该如何在特殊的时刻向心爱的女孩表达心意，但一想到篱笆，他的心便会不由自主地兴奋起来，他决定为篱笆勇敢浪漫一次。

那次的篝火晚会中，篱笆说的话给华哥留下了深刻的印象，也是从那一刻起，华哥知道了篱笆对花情有独钟，也是从那时起，华哥爱上了这个骨子里充满浪漫柔情的女子。

他特意在花店为篱笆订了一大束火红的玫瑰花，计划在篱笆生日当天给她一个惊喜，也郑重地向她表达自己的爱意。

生日的那天，不是周末。华哥心想篱笆应该是在上班，于是那天结束了下午的工作后，匆忙到宿舍换上了自己精心准备的一套西装，精神抖擞地来到了篱笆公司门口，翘首以盼心上人的出现。

可左等右等，时间一分一秒过去了，天色暗沉了下来，眼看着要日落西山了，可华哥连篱笆的影儿都没看到。

华哥的心情，也由最初的急不可待到之后的垂头丧气，正如他手里抱着的这束玫瑰——已经开始蔫头巴脑了。

天色渐晚，夜幕笼罩。华哥担心篱笆，想给她打个电话。但转念一想，今天是她的生日，会不会她早已被哪个男孩约了去参加一场热闹的party？而我，竟还在这里吹着冷风傻傻地等待着。想到这里，华哥按掉了并未拨出的电话。至于花，扔了可惜，还是请哥哥代为转交吧，无论如何，这也是自己的一份心意。

没有亲手送给篱笆的玫瑰花，成了华哥心头的遗憾。不知为何，从那天开始，他总觉得篱笆可能已经有了男朋友，甚至总是情不自禁地脑补他们在一起的甜蜜画面。

在心里，篱笆依旧是他心头的一颗"朱砂痣"，只是他的爱低调了很多，不再如先前那般张扬，而是被深深埋藏在心底。

他在等，等篱笆缓缓地回头，等篱笆默默地转身，也等一个有关爱情的真相。

爱的箴言

可华哥并不知道,那段时间的篱笆过得并不轻松,她正经历一场艰难异常的跋涉。

从小不被重视,做梦都渴望拥有一条花裙子的篱笆,工作以后比一般人更渴望得到周围人的重视,她性格要强,下定决心要加倍努力在工作中得到认可。

可即便这样,踏实努力的篱笆依旧不讨领导喜欢,同事们也总是有意无意排挤她。无论她做什么,不管她怎么努力,大家对她爱搭不理。偌大的公司,她好像是一个格格不入的"透明人"。

那一年,情窦初开的篱笆,还偷偷暗恋上隔壁办公室的一个阳光帅气的小伙子,即便工作不那么尽如人意,但只要想到每天上班能远远地看着他,篱笆的心也是满足的。哪怕只是这样不动声色地默默喜欢着,以这样的方式与他朝夕相处,篱笆的内心也有了片刻的欢愉。

可令篱笆想不到的是,这场暗恋没多久就变成了一把"利刃",直插在她的心头。原来,没多久,她暗恋的男孩就成功牵手了另一个女孩,那个女孩笑起来如阳光般明媚,还有一对甜甜的小酒窝。

篱笆的心,碎了一地,她把自己关在出租屋里,哭了整整一个晚上。她告诉自己:一个从小连裙子都没穿过的女孩子有什么资格拥有爱情!

职场的困境,爱情的失意,前途的迷茫,这一切都让初入社会的篱笆感受到前所未有的沮丧,那个时候的篱笆看不到一点生活的希望,感受不到一丝丝的温暖,她的人生像陷入了无法自拔的沼泽地,她越是奋力挣扎,越是深陷苦楚。生活似乎将她逼到了绝境,她实在不知该如何走出来。

曾经,她试图从父母那里得到安慰,但他们总是说:"给人家打工,哪能事事顺心?年轻人就是脆弱,说两句碍着啥事了?别一天天地自找苦吃。"

有时,心里实在难过,她也曾找同学倾诉,可各奔东西的他们早已有了各自的生活,即便偶尔接通了电话,却早已没有了往昔的亲密,只剩下客气虚空的寒暄。

人在低谷,唯有自渡。渐渐地,篱笆明白了,人生的有些路,只能自己走;人生的很多事,只能自己扛。于是,在那段深不见底的岁月里,她学会了一个人咬牙坚持。

那时候,她时常在下班后把自己关在小小的出租屋里。数不清有多少个日夜,她总是一个人安静地蜷缩在小床上,像一只脆弱的小猫,从黄昏到黑夜,任凭眼泪一遍遍打湿床单。

一天,突然被一场噩梦惊醒的她,抬头看了一下时钟:夜里12点多。此时,窗外的夜空星光点点,皎洁的月光透过窗格温柔地洒在地面上,窗台的纱幔在晚风的吹拂下轻盈起舞,有一种平静的美好。

"想想自己也曾是一个诗意的女孩子,心中有梦,满眼柔情,渴望自由和远方。可现实却偏偏如此不尽人意,难道这就是天意?难不成我真的要亲手埋葬自己儿时的梦,成为现实的'俘虏'吗?"篱笆想着,但她的心却如此不甘。

想到这里,她的眼泪再次夺眶而出。晶莹的泪花中,床头边那本《海子诗集》在她的眼睛里忽明忽暗。这本承载着她青春梦想的书,在此刻却加剧了她内心的痛苦,她一把将书抱在怀里,泣不成声。

月光将篱爸的身影投射到墙壁上,是那样单薄。这段时间,她明显消瘦了不少。

她轻轻地拂去书皮上的泪水,不由得想起了这本书正是华哥送给她的。她忍不住再次翻开书,华哥在扉页处为她写的话再一次跃入她的眼帘:

第一次见你,就觉得你和别的女孩不一样。我相信,终有一天你的梦想会开花。你仰望星空的样子真美!

——华哥

初看,觉得华哥傻得可爱;再品,却又湿了眼眶。华哥简短的几句话竟让此时的篱爸很感动,她似乎感受到从未有过的温暖正向她徐徐蔓延……

虽然打交道不多,但华哥那憨憨的傻样,总给人一种靠谱的感觉。令篱爸印象深刻的是,每次听篱爸说话,华哥的眼神总是那么专注,生怕听漏了似的。

这是篱爸长这么大以来,头一次感受到,这世界竟真的有人重视她,在乎她,愿意认真地对待她。

只有在华哥这里,篱爸才能感受到这世界给予她的一丝丝光亮和柔情。

无人诉说的时候,把他当个"垃圾桶"也不错,至少他应该

爱花如命的篱爸

不会拒绝我，不管怎样，当个倾诉的朋友他应该还是可靠的。这样想着，篱笆便忍不住拨通了华哥的电话。

没想到，电话刚响了两声便被华哥接了起来。

"是你吗？篱笆，我不是在做梦吧？这……我……"篱笆还未开口，华哥便按捺不住激动，支支吾吾地说了起来。

"我，没啥事，就是想说谢谢你送我的那本书，我很喜欢。"

"这大半夜的，咋突然说起这？你没事吧？有事你给我说呀，可别放心里……"

华哥的这句话瞬间击溃了篱笆对他的最后一道防线。

想起过往，篱笆忍不住再次哽咽起来，虽然她极力克制，但华哥依旧听出来了她的难过，这下可真把华哥给急坏了。

"你在哪儿？要不这样，电话说不清的话，你给我一个你方便的地址，我马上就过去，你别哭！"华哥越发着急起来。

华哥的话，让篱笆非常感动，因为在遇到华哥以前，她从未感受到谁对她如此上心，更不会有人会在大半夜愿意为她折腾奔波。

她渴望一个人能懂她，听她倾诉，给她信心。左思右想后，她还是决定和华哥见上一面，在附近的一家夜宵店里。

篱笆18岁的照片

飘雨的夜

那时,已是凌晨2点多钟。寂寥空荡的街道上,路灯仿佛瞌睡人的眼,天空中还飘洒起淅淅沥沥的小雨,虽然是夏季,但深夜难免多了几许沁人的凉意,忘记带伞的篱爸裹紧了上衣,一路小跑到他们约定的夜宵店。

其实,打完那个电话后她一直有些后悔,后悔自己贸然就拨通了华哥的电话,后悔将自己的心事说给华哥这样的傻小子听,毕竟在篱爸的心里,还并未把他当作无话不谈的朋友。

眼看着外面的雨点声越来越密集了,篱爸心里更过意不去了。她心想:这个傻小子,出来会不会被淋湿?要不算了,我还是给他打电话让他不用来了,大半夜的别折腾人家了……

可当篱爸掏出手机正准备打给他时,却看到一个个头不高的身影朝自己走来。他穿着雨衣,走路时雨衣上的雨点不停地掉落。只见他一边往里走一边脱掉身上的雨衣,他的眼镜上、脸上全是雨水,额上的头发贴在脸上,不停地顺着脸颊往下淌水。

走近一看,原来是华哥。看样子刚才华哥一定淋得不轻。

看到篱爸,他顾不上擦脸,快步走上前在篱爸对面的位置坐了下来。见状,篱爸有些过意不去,顺势给他递了两张纸巾,并点了两份酸辣粉。

华哥默不作声地打量着眼前这个日思夜想的女孩,她比先前更加清瘦了,她的眼眶通红,一看就是刚刚哭过的样子,她的眼睛如碧波荡漾,纯净的眼神里总夹杂着一丝丝的忧伤……她到底受了什么委屈？这般模样看着让人心疼。

看着华哥真诚的眼神和憨厚朴实的模样，原本有些拘谨的篱笆渐渐卸掉了所有的戒备，明显放松了起来。

他们时而低头吃饭，时而侃侃而谈，时而忧郁沉默，时而捧腹大笑。

这一夜，他们吃着简简单单的酸辣粉，也聊着酸甜苦辣的人生百味。其间，他们聊诗和田野，也说起职场困境；聊儿时的快乐，也慨叹生活的失意；聊人生的理想，也抱怨现实的骨感……不知不觉，三个多小时过去了，天边已泛起了晨曦微光。

那一刻，他们仿佛忘记了世界，忘却了烦恼，时光仿佛被按下了暂停键。

他们都享受这样的时光。篱笆享受的是，这世界终于有一个人能够对自己温柔以待了，她也终于在黑暗里隐约看到了生命里那一丝丝的亮光。让华哥享受的是，被心上的那个女孩毫无防备地信任，这是多么美妙的一件事。他愿意随时随地出现在她的身旁，哪怕只是做一个情绪垃圾桶，他也甘之如饴。

就这样，在这个飘雨的夏夜里，两颗年轻的心渐渐走近了。

生活尽管有很多不如意，尽量做自己喜欢的事情就好。只要心中有梦，就要努力去实现。

第三章 为爱颠沛流离

爱之初体验

从那夜分开后，每每想到篱笆难过时梨花带雨的样子，华哥的心里便忍不住一阵酸楚，他想着如何想个法子逗篱笆开心起来。

终于，机会来了。那年秋季，在一次学校组织的教职工授课竞技中，专业能力过硬的华哥被评为"年度优秀教师"，为此华哥还得到了两张成都市金秋菊花展的门票。这下可把华哥高兴坏了。

不仅是因为这份荣誉，更是因为这很难买到的菊花展门票，要知道花可是篱笆的最爱呀。一想到这，华哥的内心便开始欢腾了。

有了这个由头，他终于又可以名正言顺地约篱笆了。于是，他忙不迭地拨通了篱笆的电话。

接到华哥的邀请，篱笆比什么都开心。她很感动外表看似粗犷的华哥竟还记得她不经意间说过的一些话，于是便欣然接受了华哥的邀请。

篱笆和华哥都是第一次参加如此盛大的菊花展，缤纷多彩的菊花被布置成各式主题，在这凋零的秋日里独领风骚，可谓千娇百媚、姹紫嫣红，看得他们眼花缭乱，好不过瘾。

拥挤热闹的人群里，篱笆的脸上也绽放出久违的笑容。

"怎么样，喜欢吗？"华哥忍不住拍着篱笆的肩膀问道。

"唉……"没想到篱笆竟突然叹了一口气，并未回答。

她的眼神掠过一丝忧伤，转瞬即逝，但华哥却看得真切。

"世人都说花无百日红,这菊花再美,花期也不过短短几十天,终究还是逃不过凋落衰败的宿命啊!你说要是一年四季都有鲜花盛开,那该是一种怎样的美好哇!"篱笆喃喃自语道。

篱笆怕自己突如其来的多愁善感破坏了这雅致的气氛,赶紧收住了话题。

可篱笆没想到的是,说者无心听者有意。一句"要是一年四季花开不断,该有多好",不免引起了华哥的深思,以至于回去的路上,这句话始终都在他的脑海里盘旋不散。

没有人知道,篱笆一句无心的话,使得华哥萌生了一个大胆的想法,坐在返程的车上,他们很少说话,都在想着各自的心事。

直到晚上8点多,他们才到达篱笆的住处楼下。

向华哥表示感谢,挥手告别后,篱笆便准备上楼了。

"篱笆——等等。"华哥猛地叫住了她。

只见他上前一步,吸了一口气继续说:"其实,从第一次见到你,我就喜欢你,在我眼里,你和其他的女孩都不一样。我……我想一直守护你,我希望你能给我一个机会。"

篱笆怔怔地站在那里,只觉得一阵恍惚,她本能地往后退了一步。

"第一次见你,你说你的梦想是'面朝大海,春暖花开',后来又听你说小时候的你连一条像样的裙子都没有。而我人生最大的理想就是这一辈子,带你一起'面朝大海,春暖花开',天天给你买花裙子穿,不再让你受委屈……"华哥不善言辞,几句话说得磕磕绊绊,说完额头上还渗出了汗水。

华哥的话并不华丽,却深深击中了篱笆内心最柔软的角落。人生中她第一次感受到被疼爱、被呵护,她没想到爱情竟来得如此猝不及防。

只是,篱笆还没有想好,她心里乱作一团,犹如怀揣着几头到处乱撞的小鹿，不知如何是好。她的脸蛋开始泛起红晕，不敢再看华哥的眼睛。

趁华哥不注意，篱笆低着头一溜烟跑回了公寓，心情久久无法平静，仿佛刚才做了一个不真实的梦。

而华哥，望着篱笆远去的背影，也长长地舒了一口气，虽然他没有等来明确的结果。但在那一刻，他感受到从未有过的轻松。

为爱走天涯

就这样,在一个秋日的黄昏,这个年轻的男孩为了爱情勇敢地表白了,他的承诺可不是为了讨篱笆欢心随口说出的,其实在他内心深处早已开始了一场"疯狂的密谋"——带着心爱的女孩远走高飞,去一个"面朝大海,春暖花开"的理想之地。

至于去哪里呢?那时华哥的心里并没有底,但按照篱笆的梦想,这个地方一定要在海边,并且是一个四季如春、常年花开的绝美之地。

于是,参照这个标准,华哥翻箱倒柜,好不容易找出高中时地理书页上的中国地图,他仔细端详着地图上的角角落落,最终将眼光锁定在了几个为数不多的沿海城市。

"青岛虽四季分明,但冬季太冷,这个不行。江南地区每到雨季,阴雨绵绵淅淅沥沥,也算不得理想之地。看来,只能再往南看看——对,海南不正是我们要找的理想之地吗?!"华哥自言自语地认真看着地图,最终将大目标锁定在海南区域。

可海南岛那么大,具体去哪个城市呢,这又让华哥犯了难。后来,华哥通过电视、报纸了解到,海南三亚年平均温度有25℃,风景秀丽,四季常青,适合种花,这里不就是篱笆心心念念的梦想之地嘛!

选定了目标地,华哥忍不住激动起来。但很快,他又犯了愁,要知道梦想是美好的,可是毕竟重庆和三亚远隔千山万水,自己作为家里的独子,又怎么忍心为了爱情一意孤行,狠心抛下自己年迈的父母呢？顿时，华哥的心被揪得生疼。

那晚，华哥躺在床上翻来覆去，难以入睡。作为男人，他想为心爱的女人做一件疯狂的事，他想保护她，想带着她脱离这里的一切，从此踏上追梦的旅程。作为儿子，他想成为父母的骄傲，成为家里的顶梁柱，为父母遮风挡雨，毕竟父母为了他操劳了大半辈子。

更何况，父母当年为了供华哥顺利读完大学，还承包了几亩果园，这些年随着他们年岁渐长，打理果园早已是力不从心。如果华哥为了爱情远走高飞，该如何向年迈的父母交代呢？

无论如何，华哥也说不出口。

……

一晚上的艰难挣扎后，不知不觉天边已泛起了鱼肚儿白，大街上已有了细细碎碎的市井声。他也终于给出了自己一个明确的答案：选择一场"为爱走天涯"的冒险之旅。至于父母，在他看来，唯有趁年轻努力奋斗，或许以后也才有能力给他们更好的晚年生活。这是他说服自己的理由。

趁周末，华哥特意回了趟家，鼓足了勇气将自己的打算原原本本告诉了父母，他也早已做好被父母训斥一顿的准备。

母亲没有什么文化，种了一辈子地，担心儿子出去吃苦受累，但也不知该如何挽留儿子，顾自一边忙着家务一边悄悄抹起了眼泪。父亲本就不善言辞，听了儿子的话，内心虽是五味杂陈，但知子莫若父，他知道儿子大了，拦是拦不住了，末了只是缓缓地说了句："你别担心我和你妈，趁年轻多出去闯闯也好。今年果子收成还可以，出去开销大，我和你妈还给你存了些钱，本想着以后给你娶媳妇用，穷家富路，现在我就去拿给你，兴许能用得上……"

看着父亲落寞的眼神，望着父亲佝偻着背，颤巍着身体转身走开的背影，华哥忍不住红了眼眶，他第一次觉得这些年父亲真的是老了许多。

或许，男孩成长为男人，往往就在这一瞬间。那一刻，他下定决心，即便是为了父母，他也要好好的，混出个人样。

第二次，华哥便向学校递交了辞职报告。

只是，这一切他还没有告诉篱笆，他想给她一个惊喜，他想用行动告诉心爱的女孩：爱你，我是认真的。

但是，没多久，华哥辞职要到海南闯荡的事便在亲戚朋友中间传开了。很多朋友甚至给华哥泼冷水，说海南穷乡僻壤，很多基础设施远不如内陆城市，除了旅游资源略胜一筹，其实并没有多少发展机会，更有人苦口婆心地说他放弃教师这个铁饭碗去一个鸟不拉屎的地方乱闯，犹如无头苍蝇撞墙，实在是得不偿失。

自己选择的道路，就算跪着也要走完；一旦决定的事，八头牛也拉不回来，这一向是华哥的性格，更何况他心里清楚，对篱笆的承诺在他的心头有千斤重。

从哥哥那里，篱笆也听说了华哥的事。

"听说你要去海南了？"

"那天，我对你的承诺都是真的，终有一天，我要带你离开这里的一切，我们去一个'只闻花香，不谈悲喜'的地方。"

只一条简单的短信，他们便确认了彼此的心意。

然而，前路漫漫，这一路他将经历怎样的颠沛流离，此后的人生他又将会面临什么样的惊心动魄，此时的华哥，自己也无从知晓。

为了稳妥，为了不让心爱的女孩跟着他饱受颠沛流离之苦，于是他决定：只身前往。不管前方道路有多艰难，无论生活有多么不易，在一个陌生的城市里，先扎下根来，待一切都有了眉目再把篱笆接过来，不能让她跟着自己受苦受累。

说走就走，为了省钱，华哥为自己买下了一张重庆到三亚的汽车票。拿着这张票，华哥仿佛手握着一张通往梦想之城的"金钥匙"。

临别前的那晚，与父母告别。晚饭时，老宅子里昏暗的灯光下，华哥破天荒地陪父亲喝了几杯二锅头。母亲则在一旁，仔细地为儿子收拾要带走的衣服。不知三亚的气候如何，只担心儿子在外面受冻，母亲还特意为他新缝制了一床薄被带着，没有行李箱，母亲就找来平日里装玉米的蛇皮袋，小心翼翼地将它们悉数放入。

母亲脸上深深的皱纹在昏暗的煤油灯的映射下，越发深刻，她的头发花白，写满了岁月的沧桑。母亲的眼神不好，竟没有发现装衣服的蛇皮袋上竟还打着个黑色的粗布补丁，着实显得寒酸。

时隔多年，那夜晚，昏黄的煤油灯，母亲的皱纹，打着补丁的蛇皮袋，父亲浑浊的眼睛……都成了华哥心头上挥之不去的记忆。

一个人的艰难跋涉

就这样,华哥踏上了一条漫长且未知的逐梦路。未来,等待他的是什么,他一无所知。他唯一知道的就是,三亚,那里或许是一个距离梦想最近的地方,为了篱笆,他愿意放手一搏。

篱笆特意搭乘同村老乡的顺风三轮车,前来为华哥送行。看着一辆辆远行的汽车从他们身旁经过,裹挟起厚重的尘土,漫天飞舞的尘埃里两个人就这样默默凝望着对方,却又不知该说出怎样离别的话语。

"到了那里,看到大海可别忘了给我发彩信,我可眼巴巴盼着哩……"篱笆看着华哥有些伤感,故意和他打趣道。

"嗯嗯,会的,肯定会的。"华哥不停地点着头说。

看着华哥憨厚的傻样,篱笆突然觉得这个傻小子竟也有几分可爱。她随手递给华哥一个土布袋,特意交代华哥道:"这里面有咱们老家的一撮土,常听老人们讲,说到了一个遥远的地方,如果水土不服,可难受了。但只要喝水时放一点家乡土,很快就能缓解哩。还有这是俺娘亲手腌制的辣子和咸菜……"

只见华哥连忙伸出双手,视若珍宝般将它们一并放入蛇皮袋里。他嚅动着嘴唇,貌似想要说什么,却什么也说不出,末了只是挠着头不停地表达着感谢。

自从上次表白后,再见到篱笆,他反而变得有些局促,不如先前那般洒脱,在心里打了无数次草稿的话,一见到篱笆就变得语无伦次起来。

不多久,大巴车就要启动了,司机师傅不停地催促着乘客赶紧上车。这次,他们真的要分开了,只是分别多久他们也不知道。只见华哥一步三回头,眼里全是不舍。看着华哥离去的背影,篱笆的心也空落落的。

"你好好的,等着我,我一定会回来接你的!"车门关闭前,华哥忍不住朝篱笆大喊道。

这句话,听得篱笆热血沸腾,也叫她的内心五味杂陈。瞬间,她的眼睛里蓄满泪水,一个人怔怔地站在原地。虽然她不知道未来究竟有多远,但她看到这世界,有一个人,为了她,愿意颠沛流离,愿意孤注一掷。她再一次真切地感受到原来她的世界里,也不止有阴霾,还有阳光,和爱她的华哥。

长途漫漫,选择坐汽车的华哥,钱是省了不少,可苦也吃了不少,并且这一坐就是24小时。为了避免上厕所,他愣是一天一夜不吃不喝,实在渴了便少抿几口水,饿了就在晃晃悠悠中靠着窗户眯上一会儿。在长途颠簸中,他顶着身体的极限,穿巴蜀、历两广、跨海峡,在极度的疲乏虚脱状态下,好不容易到达了他心心念念的梦想之地——三亚。

初到三亚

初到三亚,正值夏季三伏天,酷暑炎热的程度,相比"四大火炉"之一的重庆有过之而无不及。华哥的首要任务就是先找个地方安顿下来。为了省钱,几经对比,他最终选择了在大东海附近一家便宜的小旅馆住了下来。

长途跋涉的劳累让华哥的体力早已消耗殆尽,匆匆洗了热水澡,终于可以好好地睡一觉了。他一个人躺在嘎吱作响的小床上,黢黑的墙壁上悬挂着落满灰尘的吊扇,有气无力地旋转着,丝毫无法缓解天气的燥热。他抬眼看向窗外,华灯初上,街道上车水马龙,还有那以前见都没见过的椰子树,目之所及皆如梦境,华哥的内心突然有一种恍若隔世的感觉。

一颗激动的心早已淡化了所有的疲惫,既然辗转反侧无法入睡,不如去看看真实的大海吧,他想让篱笆第一时间和自己一起看到大海。

经过四下打听,傍晚时分,华哥终于来到了距离自己最近的大东海,而这也是华哥长这么大以来第一次见到大海。

那时候,大东海远不如现在这般繁华,却有着原生态的自然美。远处,青山如黛,薄雾缭绕,近处,碧海如画,亦梦亦幻。夕阳西下,落日余晖五彩斑斓,仿佛上帝打翻了五彩斑斓的颜料盒,远远看去,着实有一种惊心动魄的美。

不远处的海面如同墨绿色的山峦,错落有致,若隐若现,近处,海浪此起彼伏地拍打着沙滩,退潮后的沙滩上"镶嵌"着各种各样他闻所未闻的珍奇宝贝，什么牡蛎啦、贝壳啦、大螃蟹啦……这些都令华哥心潮澎湃、目不暇接，这一路的颠沛困顿也就此烟消云散了。

他忍不住将自己看到的一切悉数拍成照片，发给在重庆老家翘首以盼的篱爸，与她分享自己这一路的所见所闻所感。

那个时候，没有微信，也没有即时的视频聊天工具，甚至手机的拍照功能也远没有如今这般强大。因此，在那段青涩的记忆中，彩信就成了他们最重要的沟通方式了。

每天发彩信，成了华哥给篱爸最特别的"情书"。

每天等彩信，成了篱爸生活里最幸福的期待。

骨感的现实

理想是美好的,现实却是残酷的。对于华哥,独自在三亚那一年有着深刻的体悟。

夏季的三亚,高温难耐,本就怕热的华哥又不懂防晒,衣服常常是湿了又干,干了又湿,一天下来全身上下都是残留的汗渍。不多久,他的额头便被晒得秃噜了几层皮,一出汗便蜇得生疼。

但是华哥却顾不得这些,他深知这条路是自己选的,为了心爱的女孩,为了实现她人生的梦想,不管多苦多难他都要咬牙坚持。至于未来要怎么走,其实,他的心里也没有底。

华哥清楚地记得,那个时候,他时常一个人穿梭在这座举目无亲的城市里。大街上人来人往,车水马龙,他的内心彷徨、无助又迷茫,唯一支撑他走下去的就是那个曾经对篱笆许下的承诺。

眼看时间一天天过去了,随身携带的钱也已所剩无几了。华哥知道,当务之急就是找到一份安身立命的工作。

华哥首先想到的是"重拾旧业",找一份教师的工作,毕竟轻车熟路,方便上手,也好在这个城市里安顿下来,尽快把篱笆接过来。

然而,现实并没有他想象的那么顺利。那个时候的三亚人口多半是前来旅游的游客,相比于诸多内陆城市,常住居民可以说是少之又少,想要马上找到一份合适的教师工作远非想象中那么容易。华哥的计划在一次又一次无果的面试后以失败告终。

此时的华哥心里难免开始有些焦虑,但每次给篱笆打电话他总是报喜不报忧，他不希望打破篱爸心中的那个田园梦想，他只想用一己之力将所有的美好都给她，而不愿让她看到这残酷的现实，他说过要永远保护她。

这段时日里，华哥每天的电话和彩信让三亚这座城市早已在篱爸的心间生根发芽，她笃定这里正是她要找的"理想之城"，好多次她都有过同样的梦境：身着五彩仙女裙的她，光着脚丫奔跑在夕阳尽洒的沙滩上，海面波光粼粼，亦真亦幻……

渐渐地，篱爸早已"身在曹营心在汉"，她恨不得马上飞到华哥的身边，与他共赏这里的雾霭流岚，一起在大海边种下人生第一片花海。那段时间，她不止一次向华哥表明自己的想法，希望华哥能早一点带自己逃离这令她厌倦至极的桎梏之地，开始重启新的人生。

虽然嘴上不说，但华哥心里的压力与日俱增，他决定换一种思路尝试。

"教师工作做不成，活人还能让尿憋死？我就不信这个邪了，我就不信偌大的城市我竟找不到一个容身之地！"华哥暗自跟自己较劲。

好在作为旅游城市的三亚，酒店偏多，而酒店的工作又基本能包吃包住，对于华哥来讲这起码能解决最基本的生活问题。虽然华哥没有酒店工作的经验，但走投无路的他还是决定先到附近的酒店应聘试试看。

然而，对于毫无酒店工作经验的华哥来讲，哪怕应聘一份最基层的服务员工作也历尽坎坷。他先后应聘了十几家酒店，很多酒店不是担心他一个初来乍到的外地人缺乏稳定性，就是嫌弃他个头不高形象不达标，要不就是以他没有经验为由将他一次又一次地拒之门外。

看不到未来的路，那时华哥时常一个人漫无目的地走到大东海,在海边一坐就是大半天。回不去的故乡,融不进的城市,搅扰得他常常夜不能寐。

挣不到钱,就只能想方设法省钱。本就节俭的华哥对自己更抠门了,时常是1块钱掰成两半来用,一箱泡面就解决了一星期的吃饭问题。

虽然经济是窘迫的,身体是疲乏的,但华哥的心却不曾因此而暗淡,因为他心里装着篱笆,而篱笆就是一直支撑他坚强走下去的"白月光"。

好在天无绝人之路,正当华哥为生存问题焦头烂额时,华哥接到了一个电话,电话那头传来一位中年男子的声音:"您好,前几天您来过我们这里应聘,结合您自身的情况,我们可以给您提供餐厅服务员的岗位,薪水是每个月450元,主要工作就是负责上菜收拾餐具之类的,不知您是否愿意……"

"管吃管住不?"华哥迫不及待地问。

"那当然,只要您办理入职后,酒店是可以免费提供您食宿的。"对方爽快地回答。

"那什么时候可以办手续?可以,可以,我愿意,我愿意。"华哥几乎想都没想便应了下来。

低到尘埃里

张爱玲说：遇到我们深爱的人，我们会变得很低很低，低到尘埃里。然后在尘埃里，开出一朵花来。

我们爱一个人，不仅会在对方面前变得很低，我们也愿意为了对方而向生活低头。正如华哥对篱笆的爱。

正是这份爱，让华哥开启了在三亚的第一份工作——饭店服务员。

那时的华哥，虽然赚得少，却依然觉得自己很了不起。因为在他看来，他端起的不是盘子，而是给篱笆的未来。

虽然常常被人吆来喝去，也曾因客人投诉被骂得狗血喷头，也曾因太过劳累患上严重的腰肌劳损……但华哥一一都隐忍了下来，因为他心里清楚，这是他目前所能抓住的唯一的救命稻草，坚持就有希望，坚持才有出路。

为了篱笆，为了爱，为了梦。他不断调整自己的状态，努力在这座城市里扎根，虽然很累、很苦，但一颗漂泊不安的心渐渐有了安放之地。收入虽不多，但省着点花，华哥每个月还能攒下个几百元钱。

那时候最直接的动力便是：他知道篱笆喜欢听音乐，他想攒钱给她买一个最新款的MP3。

那时候，彩铃刚开始流行，没有MP3的时候将自己的手机开通彩铃功能，这样篱笆一打电话，不就能听到时下最流行的歌曲了吗？

于是，那段时间，华哥几乎每个月都要花费很多工资为篱笆购买彩铃套餐，而篱笆也常常将华哥的手机打爆，打到没电自动关机。

青涩岁月里，这也成了他们最简单的小幸福。

三个月后，华哥拿着辛苦攒下来的860元钱，做了两件事：一个是为篱笆买一个可以随心所欲听音乐的MP3，一个是为自己买一张回乡的汽车票，接篱笆，来三亚。

他要用行动履行一个男人的承诺。

幸福的曙光

那一夜,接到华哥要回来的电话,篱笆的心激动得要跳出来。虽然前方路漫漫,但早已心灰意冷的篱笆仍愿意单纯地相信:只要离开这里,到哪里都是好的。

第二天一大早,她便提交了辞职报告,并将自己要同华哥一起去三亚的想法告诉了父母。为了让父母放心,篱笆谎称华哥是自己的男朋友。

果然不出所料,父母一听说女儿要和一个他们压根儿没见过的农村穷小子去那么远的地方,他们一万个不情愿。从小,他们对女儿的心愿便是:有朝一日能找个城市里的小伙子,相夫教子,过稳稳的一生。

可听篱笆这么一说,他们心里越发没底了。看着篱笆一脸坚定的样子,二老更是慌了神,苦口婆心不奏效,他们又开始想方设法托亲戚

篱笆和她的向日葵花海

朋友给篱笆介绍对象,试图打消女儿的这个念头。

短短的几天时间,篱笆先后被父母安排了几次相亲,虽然心不甘情不愿,但顶着父母的压力,篱笆还是硬着头皮去了。人是去了,可心早已飞向了远方。几次相亲下来,不是对方看不上篱笆,就是篱笆看对方不顺眼……无奈,相亲的事情也就此暂时搁浅了。

曾经有一个梦想就是和心爱的人一起,面朝大海春暖花开。我想用我们的双手来创造我们的美好,生活需要用力去爱用心去编织

第四章 奔赴星辰大海

人生的岔路口

此时,华哥经过一天一夜翻山越海的跋涉,终于回到了重庆老家。在家里休整一夜后,他便迫不及待地与篱笆相约见面了,他想第一时间亲手把MP3交给她。

最主要的是,华哥觉得作为一个男人,在带篱笆走之前,郑重地见一下她的父母,是尊重,也是他作为一个男人最基本的担当。

于是,华哥鼓足勇气,带着提前准备好的海南特产叩响了篱笆家的大门。可即便是篱笆先前跟父母提起过华哥,他们也多少了解了这个农村小伙子的样貌,当他们打开门看到华哥那一刹那,眼神里依然流露出无法掩藏的失望。说实话他们对这个身材矮小、皮肤黝黑、一脸憨态的农村小伙子并没有什么好的印象。

没有礼貌客套的寒暄,母亲有一句没一句地与华哥搭着话,父亲则蹲在屋檐下闷闷不乐地大口抽着旱烟。篱笆见状,只得绞尽脑汁地不断找寻话题与华哥交谈,以缓解这尴尬紧张的气氛。

母亲并没有留华哥吃晚饭,其实已经表明了他们的态度。但这丝毫未影响华哥对篱笆的真心,从那一刻起,他发誓要用一生来向所有人证明自己是一个值得托付的男人。虽然他心里清楚,当时的他只不过是篱笆逃离压抑生活的精神寄托罢了,也深知篱笆对他的信任不过是因为自己是她心里距离梦想最近的那个人罢了。

因为深爱,所以尊重。在这场爱情长跑的前半场,华哥始终是孤独的。但是,为了篱笆,他愿意等,耐心地等,等她慢慢回过头来,等她的心被融化,等她在岁月深处爱上自己。

这是一个有关现实与梦想、沉沦与奋起的搏斗,看不见硝烟,却激烈异常。

所以,在人生的岔路口,最关键的还在于篱笆自己的选择。

刻骨铭心的告别

职场的压抑，未来的迷茫，青春的困顿，成长的苦涩……这些早已一点点让篱爸坠入了无边无际的深渊，她无时无刻不渴望有人能让自己脱离这样的苦楚，重新看到生活的曙光。而华哥，就成了她黑暗世界里的那道亮光。

一路走来，她一直是父母眼中的乖女儿，同学们眼中的勤奋生，同事们眼中的老实人。那一刻，她意识到，努力扮演好这些角色并没有让她的人生变得豁然开朗，反而让她逐渐失去了自我，而这些并不是她理想中生活的模样。

这一次，她不想再活成别人喜欢的样子，也不愿再迎合谁，她只想做自己，勇敢做自己，完全主宰自己的人生！

于是她做了一个大胆的决定：先让华哥买了汽车票，这样做能促使她更果断地离开。

可是当华哥真的将买好的车票放在她的手里时，她手握着的车票仿佛有千斤重，她不断怀疑自己是不是在做梦。

离开这片熟悉的乡土，去一个很远很远的地方，此去经年，又将有怎样的人生际遇，她都不知道。恍惚中她一个人走到院落里，院子里那棵茂盛的大槐树，不知承载了篱爸多少的童年乐趣，夏天抓知了，秋天荡秋千，春天撸榆钱……小时候家门口自己无意间种下的一棵仙人掌，如今也足足有一人高了，还有她最爱的那棵桂花树，每年10月份，丹桂飘香，馨香扑鼻，这是她儿时记忆深处的味道。

"这次,真的要离开了吗?"篱笆在心里不止一次问自己。

临别的前一天,篱笆觉得是时候将自己的决定告诉父母了。母亲像往常一样正系着围裙添水做饭,父亲刚从地里回来,佝偻着腰在清理满是泥土的铁锹。篱笆几度徘徊,可几次话到嘴边又被她咽了回去……

父母一天天老了,他们养我们长大,却在他们更需要我们的时候"抛弃"了他们,怀着一份执念去追寻一种自己想过的生活,这到底是一种勇敢,还是自私呢?

想到这次真的要离开父母的羽翼,去奔赴一个并不明朗的未来,篱笆的眼圈再度红了起来,她终于鼓起勇气说:"爸妈,以后就让俺哥多孝敬你们。我还是想去外面的世界看一看、试一试,其实我现在过得并不开心,希望你们能够理解我、支持我。"

听到篱笆的话,正在灶台忙活的母亲突然停下了手里的活,她并没有回过头来,也没有多说什么,可篱笆分明注意到母亲的肩膀在轻微地颤抖着。父亲更是一句话也没说,黑着脸又开始抽起烟来。

平日里热闹温馨的晚餐,在今晚却格外冷清,他们低着头各顾各地扒拉几口饭后便开始各忙各的事。

与父母开诚布公后,虽惹得父母不高兴,但篱笆的心头好歹大石头落了地,晚饭后篱笆便回到里屋开始收拾起衣物。

生气归生气,毕竟是心头肉,事已至此作为父母只能选择无奈接受。毕竟孩子大了,他们总该要自己去走一段路。临睡前,母亲将准备好的一些腊肉、两瓶泡椒,还有她辛苦攒下的600元私房钱悉数塞给篱笆,想对女儿嘱咐点什么却又什么也说不出口,只静静地坐了一会儿看篱笆收拾行李，不多久便轻叹着气离开了。

那一夜，篱笆翻来覆去无法入睡，因为她的心里还装着一件未了之事：临别之前，她还想和曾经心中的他认真道个别。

他，便是篱笆在情窦初开的年华里悄悄暗恋了一整个花季的男孩子。他像一袭温暖的春风，曾搅乱了她平静如水的心事，让她的心总能泛起阵阵涟漪。

往事如风，花季的心事或许早已尘封，但临走之前，篱笆还是想见到他，和他说一句"再见"，也和曾经青春年少的自己说一句"再见"。

暗恋，其实并不容易，它是一颗心的潮起潮落，是一个人的镜花水月，也是一段情的刻骨铭心。篱笆深知，当等待成了遥遥无期，守护好内心的秘密便是对这份感情的最好的尊重，也是对自己最好的保护。

想到这或许是今生与他最后一次相见了，篱笆便退却了心底的几分羞涩，与他相约在附近的一处河堤旁见面。

装满心事的篱笆见到男孩后，难掩内心的伤感。前路漫漫，此生或许他们将再无交集，此去经年，便纵有千种风情，却又与何人说？

想到这里，篱笆的眼泪如决堤的江水奔涌而出，此时的她多么希望在说出离别的时候，能得到男孩的拥抱，哪怕是短暂的，哪怕是礼貌性的，她也算知足了。

可是，自始至终，男孩都很理智，他似乎根本没有读懂面前的这个女孩子何故如此悲伤，也或许是他压根儿不想读懂罢了。听说篱笆要离开这座城市，他只是淡淡地说了几句祝福的话，浅浅的，不痛不痒。

那一刻，篱笆终于明白，有些人终究只是你生命里匆匆的过客，结局早已注定，又何必苦苦执着。有些人，在你的生命里注定只是昙花一现，无法照亮你的整个星空。

那一天，篱笆告别了他，告别了一段青涩往事，也告别了那场没有结果的遇见。

人在"囧"途

离开重庆老家的那天,正值寒冬腊月。那是一个阴冷的冬天,天色灰蒙,阴冷潮湿,一如华哥、篱爸的心情,灰蒙蒙的。尽管知道远方或许会有阳光,但此时他们却看不到,唯有梦想在支撑。

那时的他们,甚至没有一个像样的行李箱。装不完的衣服和食物便统统塞在一个麻布袋里,由华哥扛在肩头。而篱爸的手里,小心翼翼地护着的,可不是什么贵重物品,而是自己从家里老院子摘下的"花枝",这是她出门在外的念想,也承载了她最初的田园梦。

眼看长途巴士要启动了。篱爸向窗外张望着,华哥知道篱爸心思细腻,此刻不过是眼巴巴地盼望着父母能够出现,让她再看他们一眼,哪怕一眼也好。

许是心头不舍,也可能是还在气头,临别那天,篱爸望眼欲穿,可终究没有等来父母。

怀揣着复杂的心绪,打量着第一次近距离挨坐在一起的华哥,坐在颠簸的大巴车上,任凭它载着自己和梦想与家乡渐行渐远……

有满腔的期待,更有无助的彷徨,甚至有一丝丝后悔。她不知道未来究竟还有多远,她也不知道身旁的这个男人是否真的能带她走出生活的泥潭,她更不知道三亚这座陌生的城市是否真的如华哥所讲,完全接纳她这个"一无是处"的灰姑娘……

长途巴士疲惫地运转着它的车轮,到了夜间,困倦的乘客们横七竖八地窝在座位上,车厢里早已鼾声四起,篱爸也迷迷糊糊倚着窗户眯了一会儿，可不多久她便又睁开了眼。冬季的车厢窗户紧闭着，车厢里混合着的不同人的体味、脚臭味，简直令人窒息，篱笆被熏得头晕目眩，睡意全无。

她回过头来看看身旁酣睡的华哥，只见他鼾声如雷，浑然不知地倚靠着自己左侧的肩膀，油光发亮的头发紧紧贴着头皮，油腻感顿现。此时的篱笆心头不禁掠过一丝悔意：这是我人生第一次如此近距离接触男性，竟然是这个自己压根儿没啥感觉的"油腻男"。我的心里明明喜欢的是那种干净清爽、文质彬彬的文艺男，难不成以后我真的要和这个华哥朝夕相处吗？

想到这，篱笆不禁打了一个寒战。

经过一夜的舟车劳顿，迎着清晨的第一缕阳光，他们终于到达了海南岛内，随着逐渐南下，气温渐渐升高，在车上他们也将身上的棉衣棉裤，换成了轻便的衣服。

看着窗外应接不暇的景色，篱笆眼花缭乱，原本忐忑不安的一颗心渐渐安放了下来。她轻倚着窗户，想象着三亚的样子，不知不觉便又睡着了……

不是生活欠我们一个满意，而是我们欠生活一份努力

第五章 纸上得来终觉浅

人生的春天

被华哥唤醒时，已到三亚，拖着行囊踩到这片土地上的篱笆，仿佛仍沉浸在一个不真实的梦境中。

那时正值寒冬，北方地区早已是冰天雪地、万物凋敝，可这里却温暖如春、鸟语花香，抬起头便能看到无边无际的湛蓝天空，闭上眼就能嗅到空气里弥散着花朵的芬芳，目之所及皆是苍翠，所见之物皆为美好，姹紫嫣红的三角梅，明艳美丽的鸡蛋花，花开满树的凤凰花……天生爱花的篱笆沉浸在这美景中，她一把丢下手里的行囊，如孩子般雀跃起来。

虽然前路未知，但这里的温暖，像一个母亲久违的拥抱，将篱笆紧紧包围。篱笆像一条跨越山海寻寻觅觅的小鱼，历经千辛万苦，最终游到了心中的"那片海"。在这片海里，有她似曾相识的气息，也有她想要的未来。

华哥将篱笆安顿在提前找好的出租屋里，出租屋距华哥打工的酒店很近，方便彼此照顾。房子简陋逼仄，只容得下一张狭窄的单人床和一张破旧的床头柜，行李只能暂时堆放在地上。洗手间和浴室都要与他人共用，生活很是不便。

但是，只要想到自己在实现梦想的路上又近了一步，篱笆便不觉得眼前的这点苦算得了什么。她总是相信，饭要一口一口吃，路要一步一步走，只要心中有热爱，生活有盼望，日子总会有柳暗花明的那一天。

刚放下行囊，顾不上休息的篱笆便迫不及待开始催华哥带自己去看大海。梦里千百次出现的大海，如今真的要见到了，篱笆竟有些手足无措。

她特意涂上口红，换上心爱的连衣裙，跟着华哥走在看海的路上，仿佛在奔赴一场盛大的筵席，庄严而神圣。

那天，华哥带篱笆来到距离他们最近的大东海，这也是篱笆此生第一次看到的大海。那时，正值黄昏时分，夕阳中的大东海有着极致的温柔，远处点点渔船若隐若现，近处的海面波光粼粼，或静谧，或浩瀚，或辽阔，大海总能给走近它的人不一样的治愈。

身着长裙的篱笆忍不住脱掉鞋子光起脚丫，向海边飞奔而去，绵软的沙滩上印刻出她一个又一个的脚印，海浪裹挟着海风层层叠叠地袭来，亲吻着她的脚踝，打湿了她的裙摆，吹乱了她的长发……

当想象成为现实，当梦想变得触手可及，那一刻的篱笆仿佛"满血复活"了一般，她对余生也开始有了前所未有的期待。那些酸涩的青春往事，那些深不见底的黑夜，那些难以释怀的伤痛，似乎都被这一场海风吹得消失殆尽，早已不见了踪影。此刻的她，眼里有了亮光，心中有了阳光，人生从此便是春天。

重遇自己

有句话说：在接近自然的地方，一个人也更接近他的灵魂。对于篱笆来讲，三亚——正是她梦寐以求的灵魂栖息地，是最接近她灵魂的地方。

对于篱笆来讲，三亚是陌生的，但却又似曾相识。好像，她之前所有的经历，都是为了最终与它的这场遇见；又好像，它在这里静静地等了好久，等待这个被现实击打得鼻青脸肿的姑娘，等待给她一个温暖的拥抱……

在它的怀抱里，每一夜，篱笆都能安然酣畅地入睡；每一天，篱笆都对余生充满了期待。那颗童年时深埋在她心灵的"花仙子"种子便又开始萌动了。她相信，在这里不会再有世俗的羁绊，也不会再有冷漠的嘲讽，在这片神奇的土地上，她定要让梦想"开出花来"！

那时的华哥和篱笆很穷，穷得只剩下梦想。

他们时常在黄昏时分，盘腿坐在沙滩上，海风微拂，碧浪叠至，捡拾贝壳螃蟹、海边听歌、赤脚漫步，抑或细数天上的繁星，都是他们最幸福的时刻。

有时，他们也会侃大山，篱笆说，未来要在这大海边种上漫山遍野的鲜花，这一辈子都要做美美的"花仙子"。华哥说，以后他想在海边建一座小木屋，童话世界里那样的木房子，给美丽的"花仙子"住。

很快，华哥和篱笆便达成了"统一战线"：追求一个共同的梦,那便是在海边种一片花海,建一所童话小木屋。

就这样,一个因为爱情,一个因为梦想,两个年轻人在千里之外的异乡成了田园事业起步之初的最佳盟友。由此,在这座原本举目无亲的城市里,他们相互鼓励,彼此搀扶,一路相伴,当心不再漂泊,生活便有了温度,未来也就变得越来越明朗。

有人讲:诗和远方很贵,这一生我们不知要经受多少颠沛流离,才能抵达。

对于当时身在异乡勉强能糊口的华哥和篱笆,追求梦想是多么奢侈的一件事,又是多么令人感动的一件事呀。在偌大的城市里,安身立命尚且不易,能够将辛苦攒下的钱都投资给虚无缥缈的梦想,何尝不是一种壮举!

为了守护这个梦,在接下来长达半年的时间里,华哥继续留在饭店做服务员,每天靠端盘子、洗碗挣来微薄的薪水,然后悉数存起来。他舍不得花,他要攒起来,日后早一点为篱笆在大海边租一片地,让她无忧无虑地种花,永远别再被生活"蹂躏"。

篱笆也没闲着,她不是泡在网吧里查询园艺种植方面的知识,就是整日待在图书馆里钻研花卉养护方面的专业技术,有时赶上华哥休息,同他一起到附近的村子里走走看看,希望早一天能找到心仪的种花土地。

人生,没有白走的道路,每一步都算数。虽然,他们很平凡,但拥有梦想就变得与众不同。也许,在追梦的道路上他们的步伐很慢,但当心有所向,步履坚定,相信终会有抵达终点的那一刻,也终会迎来繁花似锦的那一天。

众里寻"它"

10多年前的三亚，城市规划远不如现今这般成熟，加上三亚常住居民不足50万人，想要找到荒地对他们来说并非难事，但找到一片真正能够安放梦想的理想之地并非易事。毕竟作为旅游城市而闻名全国的三亚，海边区域历来为市政规划范围的旅游之地，可谓寸土寸金，一地难求。

想象是美好的，落到现实，真可谓困难重重。可他们深知，这才是实现梦想的第一步，如果这一步他们都畏惧了、退缩了，那么这梦想可能终归只是个遥不可及的梦罢了。起初的他们毫无头绪，甚至在寻寻觅觅、兜兜转转了两个多月后依旧没有任何进展，但他们还是决定硬着头皮再坚持一段时间，他们始终相信：困难没有办法多，只要不放弃，一定会有出路的！

于是，华哥一边发动身边的同事一起帮忙寻找，自己和篱笆则利用休息时间骑着一辆废品站淘来的二手自行车，在附近的村落里挨家挨户地打听了解。

那时候，正值夏季，夏天的三亚紫外线极强，即使戴着帽子，整日里顶着烈日在外奔波寻地也并非易事。不多久，篱笆的胳膊便出现了严重的晒斑，一到夜里便奇痒难忍，搅得她整夜整夜睡不好觉。而华哥也被晒得像个黑人小伙，笑起来除了牙是白的，全身几乎都被晒成了暗铜色，看了着实让人心疼。

功夫不负有心人，在一次又一次的无功而返后，一天，华哥在与大东海附近的一户渔民闲聊中得知，他们家世世代代以打鱼为生，如今女儿出嫁，儿子也已成家立业，孩子们不愿意让老两口再辛苦劳作，想要把家里闲置的3亩多空地租出去，安享晚年生活。

篱爸和华哥听到这个消息，简直喜不自胜，这么多天跌跌撞撞的努力总算看到了一些希望。于是，在这位渔民阿伯的带领下，他们很快便来到了阿伯家的田地边。当看到这片土地的第一眼，篱爸的眼泪激动得快要掉下来：天哪，这不正是他们苦苦寻觅的理想之地吗？——面山靠海，四野空旷，犹如秘境。

篱爸和孩子们在海边看日落

机不可失，他们敏锐地捕捉到这正是一次可遇而不可求的好机会。经过协商，他们最终以每亩每年500元的价格将这3亩多地租了下来，并拜托阿伯帮忙代找附近其他的村民的闲置土地。

善良淳朴的阿伯被他们两个年轻人的真诚和勇气深深打动，也开始积极地帮他们打听附近是否还有合适的土地出租。有了阿伯的鼎力相助，他们俩可谓如虎添翼，不多久便凑了6亩多地。

这一片靠海的土地虽然并不广袤，却由此开启了篱爸和华哥的田园梦。有了初始的这片地，篱爸仿佛拥有了全世界。那时的她，常常和华哥一起伫立于地头。远远望去，这里杂草丛生，荒芜萧瑟，但置身其中，海风拂面，泥土飘香，篱爸忍不住闭上眼睛：她想象着未来有一天，这里不复荒芜，繁花似锦，瓜果飘香，她身着飘逸长裙，徜徉在花海，浇花摘果，蜂蝶环绕，通过她双手创造的花园，空气里皆有诗意。

063

开荒造园

光是租地,就花光了两个年轻人本就微薄的积蓄,可要造一座花园,这才只是第一步。

为了将钱省下来用于田园后期的基础建设,篱爸和华哥开始了一段极为拮据的生活。那段时期,一向爱美的篱爸从来不舍得为自己添置一件新衣服,常常是一件衣服洗到严重脱色依旧舍不得丢弃。实在嘴馋了,也不舍得在外面吃一顿好的,充其量就是偶尔和华哥一起到路边摊吃一次5元钱一碗的海南汤粉。

可即便是勒紧了裤腰带过日子,他们也时常捉襟见肘,仔细一盘算才发现他们就连最基本的发动机、抽水

篱爸日常浇花

泵、苗圃费用等都支付不起，田园的建设只能暂时搁浅。

正当他们一筹莫展之际，篱笆鼓励华哥说："万事开头难，只要我们不放弃努力，总会越来越好的。"

篱笆清澈如水的眼睛是那么美，每次透过她的瞳孔，华哥总会看到美丽的星辰和大海。

"你别委屈自己，该买啥就买啥，钱的事我来想办法！"华哥一脸坚定地说。

两天后，华哥拿着一沓钱递到篱笆的手里，他想：再苦再难，也不能苦篱笆。这两万元钱，是他放下脸面，打遍了亲朋好友的电话才借到的。

他对篱笆说："有我在，什么都不要怕，只管往前走。"

那一刻，篱笆的眼睛里泛着泪光。

"热带农民"

"不好好上学,长大了就去种地、当农民!"这句话似乎常常在父母的口中提到。那时候我们便觉得农民好像是这个世界上最没有技术含量的职业,是所有人在没有退路时都可以信手拈来的行当。

等我们长大了才发现,原来曾经嗤之以鼻的农活并不是人人都可以"hold"住的,尤其是对于篱爸选择做这种热带农业,远非想象的那般惬意自在。

如果说其他都好克服的话,最要命的要数这酷热难耐的大太阳了。因三亚属热带海洋季风气候,四季如夏,全年日照时长高达2534小时,以其独特的阳光、海水、沙滩资源,成为全国乃至全世界炙手可热的旅游胜地。风景虽美,要是顶着烈日下到田间地头去劳作可并不见得是一份美差。

起初,篱爸还并未领教过三亚骄阳的厉害,也不懂得提前做好防晒,只一门心思抡起锄头埋头苦干。还没过几天,篱爸便扛不住了。

仅4天的时间,她的头顶皮肤便被晒得皲裂,脸上也出现了明显的晒斑,身体裸露处也都被晒得出现了严重的过敏反应,只要一碰水,她的脸上、身上都会如起火般灼疼。

始料未及的篱爸,那段时间不敢照镜子,看到自己那张曾经还算白皙的脸变成了如今这副可怜模样,不知背地里偷偷抹了多少次眼泪。

华哥不说,却都看在眼里。

不知多少次,下了夜班的华哥总是偷偷跑到园子里,一个人默默地锄地,只为减轻篱笆的负担,他不止一次对篱笆说:"你不要太着急,你量力而为,剩下的我下班后再干也不迟。"

一次,从外面回来,他递给篱笆一个精美的小袋子,见篱笆不解,忙笨嘴拙舌地解释说:"我也不懂你们女人的化妆品,我去超市无意间看到了这个,就买给你。超市那老板娘说你涂上这个,就不会被晒伤了。"

看着华哥满脸的朴实,篱笆的心里涌过一阵暖流。似乎在此刻,这个从小在角落里长大,从不被人重视的姑娘头一次感受到:原来在这个世界上,是会有人愿意在乎自己、关心自己、爱护自己的,原来在有些人的眼里,自己也可以被当作"世界的中心"。

从此,篱笆开始慢慢自愈,学着接纳自己,试着忘掉过去,努力做一个向阳而生的女子。

俗话说,困难没有办法多。慢慢地,逐渐适应了海南气候的篱笆也渐渐摸索到了田园劳作"小窍门",那就是选择在日出前和日落后集中劳动,尽量避免长时间暴晒在烈日下。交替干活,避免晒伤,同时还可以养精蓄锐,节省体力,这样下来效率反而更高。

除了高温以外,篱笆和华哥还要和数不胜数的蛇鼠虫蚁"斗智斗勇",如果没有一颗坚定的热爱田园生活的心,没有一颗强大的心脏,单是这一关就足以令人望而生畏!

海南地区,热带雨林密集,植被繁茂,相比于内地,这里可谓众多热带野生动物的天堂。都说海南的老鼠比猫大,有山的地方就有蛇,蜥蜴松鼠随处见,那可真不是随便说的,这点篱笆可是深有体会。

他们租来的海边的6亩多地大部分属于常年未耕种的荒地,开荒时期遇蛇那对他们来说早已算不得稀罕事。

记得有一次，篱笆正在用铁锹铲地松土，突然看到一条蟒蛇正蠕动着身体，哧溜一声便盘绕在了铁锹铲上，吓得篱笆手一哆嗦，一边朝远处跑一边大声呼喊着："华哥，快跑！有蛇！"

就这样，他们俩互相"壮胆"，渐渐形成了默契，不管谁发现了蛇都会第一时间向对方通风报信，然后两个人再丢掉工具赶紧"逃之夭夭"。

刚到海南的时候

他们躲老鼠、躲蛇、躲蜥蜴，躲一切让他们害怕的小动物，但是他们却从来不会伤害这些"不速之客"，因为在篱笆看来，无论是温驯可爱的家畜，还是凶猛可怕的自然界生物，它们都是大自然中的一部分，是生态链中不可或缺的一分子，既然爱大自然，就要学会坦然接受并喜欢大自然有关的一切。

经过近两个月的辛苦劳作，在附近一些村民的有偿协助下，篱笆心念已久的花园终于有了雏形，眼看着昔日的荒地成了平整的良田，篱笆终于松了一口气，她看到自己距离梦想更近了一步。

那段时间，很多次，夕阳西下，她一个人伫立在田垄处，望着不远处被黄昏晕染得闪闪发光的大海，她总觉得有一种不真实的美。回想着最近半年发生的事，仿佛梦一场，她生怕这场梦做到一半就醒了，她想一直这样沉醉下去……

即便昔日白皙的皮肤不再，即便双手千疮百孔长满老茧，即便娇柔的身体长出了一身的肌肉，篱笆却未曾有过一丝一毫的后悔，因为，只有在此刻，她发觉自己的人生才开始觉醒。

也许，在这个物欲横流、喧嚣躁动的时代，你我的内心深处都曾渴望一份来自田园生活的宁静，远离浮华，回归本心，煮茗喝茶，读书会友，只闻花香，不谈悲喜，独享人生的清欢。

可扪心自问，我们真正喜欢的是阳春白雪的田园享受，我们真正渴慕的是悠闲自在的田园雅趣，如果真叫我们深入田间地头，与蛇鼠做伴，和泥土为伍，我们未必真能吃得消。

可什么叫真正的热爱呢？——接受它的全部。

正如我们爱一个人，如果你既能爱他风光无限时的辉煌，又能欣赏他平淡无华的真实，才叫真爱。反之，只能接受美好的一面，而无法忍受真实粗粝的现实，充其量只能称之为荷尔蒙刺激下的一时兴起。

海边小木屋

初到三亚的篱爸,除了租地建设的花销外,大部分的支出就是一个月几百元钱的房租了。

那时候的她在田间劳作的间隙,常常坐在地头发呆,她不止一次地幻想着如果有一天,能在这花园里建一所小房子,不管是土房子、木房子还是石头房子,如果要能实现海子诗歌里说的那样——面朝大海,春暖花开,都该有多好!

在篱爸从小的概念中,于花荫深处建一座充满诗意的小房子,无论它的材质是什么,都可作为花园里画龙点睛的"妙笔"。有了房子的花园,房前绿荫蝉鸣,树下喝茶作画,房檐绿藤环绕,屋后栽满果树,推开窗鸟语花香,生机盎然……想想都让人心醉。

在地里忙活得累了,篱爸时常会拿出随身带着的本子,端坐在田间地头边,在天地中汲取灵感,于自然中找回初心,她将自己想象中的田园房舍一点点在纸上勾勒出来,是倾诉,也是憧憬。在那一刻,她忘记了所有身体的疲乏,梦想的支撑让她仿佛插上了翅膀,在这片自由的土地上天马行空,飞向深不可知的未来。

她一遍遍地画,又一遍遍地修改。她想拿给华哥分享,却又习惯性想起以前无数次被人嘲笑数落的窘境。曾经的经历在篱爸的身上留下了深刻的烙印,无论做什么事,她总要先考虑对方的感受,也总是逼自己竭尽全力做到完美,尽量不给别人添麻烦。

可是,当爱上一个人时,我们看世界的焦点便全都锁定在了这个人身上,他的一举一动,都逃离不了我们的眼目。其实,篱笆的这点"小心思"早就被华哥发现了，只是他假装不知道，因为他有自己的计划。

一天下午，华哥并没有像往常一样去上班，而是骑着三轮车拉回来一堆横七竖八的破木板，只见他一脸兴奋地招呼正在地里忙活的篱笆过来看看，看篱笆满脸迷惑的样子，华哥故意拿腔拿调地说："美丽的花仙子小姐，您预定的小木屋材料已送达，请验收，如果满意的话，请给我好评。当然，本快递公司承揽各类工程建筑业务，请问是否可以继续为您效劳？"

没想到，平时闷葫芦一样的华哥竟还有如此俏皮的一面，篱笆被华哥的一席话逗乐了。可笑着笑着，她的眼角竟湿润起来。

从小到大，在篱笆的世界里，她从来没有做过主角。可一次次，眼前这个愣头愣脑的傻小子竟让自己活成了骄傲的公主。那一瞬间，她分明看到曾经躲在阴暗角落里的自己，逐渐走到了阳光下，笑得那么灿烂，那么开心。

原本还担心华哥嫌弃自己想法过于幼稚，这下篱笆终于可以放下心来。随即她拿出自己所绘制的草图，认真地对华哥说："也许，很多人毕生的梦想是住上奢华的大房子，而我却只想住童话故事里那样的小木屋。以前很多人说我很傻，你是不是也觉得我挺傻的？"

"人这一辈子，总该为梦想勇敢一次！"华哥不善言辞，末了只是憨憨地笑着鼓励篱笆。

话虽简单，却听得篱笆鼻子一酸，差点掉下眼泪。

曾经的篱笆，不敢一个人走夜路，因为心里缺失足够的安全感；也不敢谈未来和梦想，因为总被人嘲讽；更不敢轻易表露心声，因为从来没有人在乎她。而华哥，就像黑夜里的一双大手，给她掌心的温度，给她追梦的力量，牵着她从暗夜走向黎明，从荒芜走向繁华。

渐渐地，篱爸小心翼翼地走出了曾经的支离破碎，开始拾掇起曾经碎了一地的梦想，她变得勇敢、阳光、自信，也越发期待余生。

攒到了微薄的积蓄后，为了全身心投入到小木屋的建设当中，华哥毅然辞掉了饭店服务员的工作。为了省下钱用于田园后期的建设，华哥一有时间不是载着篱爸到附近的木柴厂蹲点捡拾废弃的旧木头，就是走街串巷找寻路边的废木材，然后再将它们一块块锯成木板，直到为小木屋的搭建准备好充足的木料。

因为都是废旧的木材，所以要想加工成可以利用的木材着实需要花费一番工夫，可对于两个从来没有干过木匠的年轻人来说，这何尝不是一件莫大的难事？好不容易凑齐的木头桩子，总是被他们锯得不是太厚了，就是太薄，似乎一阵风就能吹折。好不容易掌握要领了，木材也被他们耗费了近一半，不得已只能一次次暂时中断继续找木头。

如果说这些暂且不算什么，那后期的搭建房梁钉木板可着实又让他们犯了难。"纸上得来终觉浅，绝知此事要躬行"，篱爸的图纸是一回事，可落到实际中就连最基本的房梁，他们都不知如何搭建。起初他们搭建的房顶不是尺寸不合适，就是不够牢固，安全起见，华哥到图书馆查询，在网上学习，请教当地的木匠瓦匠，兜兜转转修修改改10多天的时间才勉强成型。

其间，华哥的手臂曾被电锯割伤，鲜血直流，篱爸的手上也起满了大水泡。两个人手上都出现了不同程度的厚茧，但在他们心里，却并不觉得这是一件苦差。有时，篱爸也喜欢逗逗憨厚老实的华哥："你没了工作，住不了饭店宿舍了，那咱们就做室友也不错，这样我再也不怕半夜看到大老鼠啦！"

"'室友'？貌似听着还挺有吸引力……"

"你是不是想多了？你的是那间，我的是这间！你看咱俩都是向阳海景房咧,绝对公平!"

"这下,咱也享受一线海景房的待遇喽!"

……

他们常常在忙碌的间隙相互逗趣,枯燥的日子也便氤氲出温暖。

岁月清浅。就这样历时近一个月的时间,在篱笆和华哥共同的努力下,一座简单甚至有一些简陋的小木屋,总算有了雏形。

虽然建成后的小木屋和想象中的相去甚远,木头颜色不一,钉子也被钉得横七竖八,甚至木板之间的间隔缝隙大到可以随时钻进来蛇鼠蟑螂,但对于当时的篱笆来讲,似乎并不那么重要。重要的是她感觉此刻的自己正真实地走在一条追梦的道路上,虽苦虽累,却着实有了一种踏踏实实的幸福感。

那一刻,她再次坚信,在这片土地上,一定有她想要的未来!

小木屋竣工的那一晚,没有热闹的呼朋引伴,也没有喧嚣的狂欢庆祝,华哥默默地为小木屋接通了电,篱笆饶有兴致地将

夕阳下的小木屋

小木屋的周围挂满了提前淘来的小彩灯,他们只想静静地用自己的方式享受这一刻的美好。

那一晚,他们并肩躺在大东海附近的山坡上吹海风、看日落,远眺着不远处小彩灯闪烁着亮光的小木屋。夜晚的海风阵阵袭来,空气里飘来香草花卉的芬芳,夜幕缓缓降落,将他们温柔地揽入怀中,仿佛不忍惊醒他们香甜的梦……

"华哥,谢谢你。"篱笆悠悠地说了一句。

"咋还客气上了呢?咱俩这叫'志同道合'。就像搭顺风车,我刚好去一个地方,你刚好也想去这地,这不顺道的事吗?"华哥怕篱笆有负担,故意这样说。

"还有哇,这个小木屋就当练手吧,如果有可能,以后我还想再建一座更好的送给你!"华哥补充说。

篱笆不作声,但她分明感觉到两行热泪悄无声地流到了耳朵里。

简单的快乐

从那天开始，华哥和篱爸便成了共同住在这座小木屋里的"室友"，不仅省去了昂贵的房租，而且毗邻而居的他们，各住一间，互不干扰，又能相互帮衬，一同打理田园，可谓一举两得。

那时候，正值冬季。冬季的三亚平均气温还有25℃，算得上一年当中最好的时节，没了雨季绵延不断的雨水，也不再有夏季暑天的酷热难耐，每一天几乎都是晴空万里、心旷神怡。

农活忙累了，有时他们会坐在房顶透光的客厅里侃大山、喝喝茶，有时也会窝在各自的床上躺着晒太阳、听隐隐约约的海浪声。虽然生活常常捉襟见肘，但是一颗心却简单、明净又快乐。即便现在的园子里还是一片杂芜，但他们的眼睛里仿佛已经看到了百花争艳。

没有钱吃大餐，篱爸就和华哥一起动手学着老家长辈们的样子垒砌一方锅台，就地取材捡来枯枝烧火，也能烹饪出绝美的佳肴。随意在院落一隅圈一处角落，围上自做的篱笆墙，养几只鸡鸭，便解决了吃蛋和肉的问题。随处可见的山野菜，一同开垦的小菜园，给他们提供了源源不断的蔬菜。

篱笆花园一角

篱笆说：土地，是耕耘和收获最直接的体现。只要你辛勤劳作，土地终不会亏待你。你且只管耕耘，莫问收获，时光自会打赏。

日子虽清贫，但在追梦的路上有了同伴的扶持，再大的困难也能踏在脚下。生活虽单调，当我们有了一颗热爱它的心，再枯燥的时光也会熠熠生辉。

那时，篱笆和华哥年轻的时候，正是一生当中最爱美的年龄。当身边的很多朋友、同学西装革履地在写字楼里码字喝咖啡时，他们却戴着草帽挥汗如雨地挥着锄头；当昔日的好朋友都在约会看电影聚餐时，他们却在泥土里摸爬滚打着研究如何种出一朵花。他们皮肤粗糙，指甲里沾满土垢，手上长满老茧，渐渐活成了地地道道的农民。

但在篱笆的心里，却有了从未有过的踏实，她深知，只有踏在这片土地上，唯有手握泥土、脚踩泥泞，她才能找到存在的意义。而在华哥的眼里，这世间最美的风景，不过是和爱的人一起，创造一个梦，梦里有你，也有我。

他们共同建设的小木屋，是很多人眼里的"家徒四壁"，却是他们眼里的"面朝大海，春暖花开"。

此时，人生这幅美丽的画卷在篱笆面前徐徐展开，她终于可以在这张空白的画卷上尽情地挥毫泼墨了。

不结果的果树

转眼已到年关,走在夜晚的大街上,看着万家灯火,篱笆多少有些失落。那段时间她也会常常想家,想年迈的父母,想家里斑驳的老院落,想院中清香宜人的桂花树,想……很多次,她想给父母打电话,可想想自己依旧过得并不光鲜,又拿什么来宽慰父母牵挂她的心呢?不过是徒惹得他们挂心罢了。

除了偶尔会给哥哥打电话,旁敲侧击地关心着父母,更多的时候,篱笆会将思念默默地放在心里,埋藏在土地里,以自己的方式寄托思乡之情。

在这片土地上,她首先种下的就是桂花树。她托哥哥从老家给自己邮寄一些桂花枝,用扦插的方法将其精心地养在花盆里,待花枝开枝散叶逐渐茁壮,再移植到园子里,浇水施肥,悉心培育。

篱笆种花也种菜

小小的桂花树并不茂盛，但每次看到它，篱爸都好像回到了老家的院落，有一种久违的亲近感。在篱爸日复一日地精心呵护下，开了春，桂花树便长得足足有一人高了，枝叶也越发稠密茂盛，已然有了树的模样。

　　那时，无论多忙多累，篱爸都会无数次盘桓在这棵桂花树周围，仔细观察它每一片叶子的生长，期待着在不经意间发现一个小小的花苞，甚至在好多次梦里，她都梦到园子里这棵桂花树一夜间挂满了乳白色的小花苞，一阵风吹过，它们次第开放，香飘百里……

　　可，左等右等，这棵承载了篱爸思念的桂花树却只长个不开花，望眼欲穿的篱爸等了个寂寞。

　　华哥也没闲着，他一边查询植物种植的资料，一边向当地农民请教植物种植的要领，希望早一点陪篱爸种出人生第一片花海。在不断的尝试摸索中，他们才得知桂花树一定要过冬，也就是经过春化的过程，才能开出花来，三亚四季如夏，缺少必要的生长过程，必然是无法开出花来的，看来古人说的那句"橘生淮南则为橘，橘生淮北则为枳"，一点都不假呀！

　　"桂花树不成，那改种枇杷呢？或者种梨树和桃树也可以。"篱爸不服气，心里在默默较劲。

　　很快，她托人从家乡再次寄过来梨树、枇杷及桃树等枝条，用同样的方法培育种植，等待它们开花结果的那一天。可依旧以失败告终。

　　终于，篱爸悟出一个道理：想要种好树养好花，单凭热情和蛮劲儿是远远不够的，一定要学技术，学专业的技术！

入乡随俗

重庆老家的果树种不成，那就从海南当地的果树种植开始，也不失为一种不错的选择。三亚地处热带地区，本身就有丰富的热带果树资源，选择"入乡随俗"，无疑将大大增加初种果树成功的概率。

生活，往往是最好的老师。很多时候，请教当地的农民乡亲得来的果树种植经验远比书本上有用得多，这点篱爸深信不疑，这也是她和华哥这将近一年摸爬滚打总结出来的经验。

为了少走弯路，唯有不断学习。除了上图书馆、网吧学习热带果树的种植技术外，更多的时候他们会不厌其烦地向当地的村民讨教，从果树的筛选，到育苗的关键，再到授粉的注意事项等，只要是与果树相关的，篱爸总会将问题悉数认真记下来，然后再事无巨细地向当地有经验的果农请教，并把要点一一整理到自己的种植笔记里。短短一个月的时间，篱爸已经密密麻麻地记满了整整一大本笔记。

篱爸深知，农业这件事，最关键的还是"实战"，如果总是纸上谈兵，可能永远也种不出一棵上好的果树。就这样，靠着一点一滴的积累，她和华哥一边学习一边在自己的园子里实践。

他们先后在园子里种上了椰子树、木瓜树、芒果树、菠萝蜜树、杨桃树等当地果树，还在小木屋的前方一侧的空地上，用木头搭起了一处帐幕，并在其周围栽种几株百香果苗。如果养护得当，来年开春的时候这里便会绿藤环绕、百果飘香，到时候坐在这里读几页闲书，喝一壶春茶，想想都觉得惬意！

红毛丹丰收了

谁动了我的果子

眼看着这些小树苗在他们日复一日的精心呵护下渐渐长大了，可新的问题却又接踵而至。

如今的华哥，为了全力支持篱爸的田园开荒建设，毅然辞了包吃包住的饭店服务员工作，那时候虽然挣得不多，但好歹能贴补下前期的开荒各项琐事的支出，日子总还能过得去，梦想也能在捉襟见肘中勉强维系。而现在的他们，除了每天要付出大量的艰辛打理园子外，还常常"为五斗米折腰"，抛开梦想不说，如何融入这座举目无亲的城市，如何谋生立足成了当务之急。

那个时候的篱爸，舍不得为自己买一套好一点的护肤品，也没有多余的钱为自己买喜欢的裙子，她穿着一条洗得发白的牛仔裤，抹着几块钱一盒的面霜，戴着一顶破旧的草帽，穿梭在6亩多的园子里，弯着腰一干就是一整天。

有时累了，篱爸也会坐在地头发呆，看着不远处烟波浩渺的大海，她不知道她还要在这条泥泞的道路上跋涉多远，才能实现她的田园梦想。她也时常会一个人走在车辆川流不息的大街上，静静地伫立街头，看星星点点的万家灯火，她不知道路的尽头，是否还有路……

现实再一次将篱爸无情地敲醒，那一刻她深切地明白：唯有先吃饱饭才有资格谈理想。那段时间，表面上她和华哥相互打气，轻松乐观，一起劳作，可暗地里却各自都在跟生活较着劲。

"前段时间，原来饭店的同事说刚好缺人，要不等这园子里忙得差不多了,我再回去试试?"一天,华哥终于还是憋不住了。

……

一阵长长的沉默。

"我——想用自己的爱好谋生,如果能把花养好或许也是一条不错的出路,无论怎样我想试试!"说完这些话,篱爸的脑门有些冒汗,她知道以自己现在的种花技术送人都不一定拿得出手,更别提赚钱谋生了。

但余生,把每一天都花在热爱的事上,用自己的爱好谋生是篱爸从未改变的坚定。此刻,她决定给自己一个机会,给梦想一个机会。

篱爸用废弃的木头种植多肉

初具规模的田园

华哥怔怔地看着她,他发现面前这个似弱柳扶风的姑娘远比她想象的坚强得多,便也放弃了其他的念想,一门心思扑到了研究养花的技术上,全力支持篱笆的选择。

那个时候,他们很穷,穷得只剩下梦想,穷得连大面积的花圃种苗钱都支付不起。为了省钱,篱笆常常和华哥一起在清晨的大街上蹬着三轮车来回晃悠,只要发现有园林工修剪下来的树枝花干,他们便紧随其后,如获至宝般将它们悉数收入囊中,然后再拿回家小心翼翼地修剪后泡入水中,再于次日分门别类地摘种在提前准备好的小花盆里,接着满怀期待地等待它们生根发芽。

这个方法不仅帮他们节省了一大笔开销,而且还让他们顺利收集到了三亚市最具代表性的各类花卉,比如说三角梅、茉莉花、蓝雪花等,这些被丢弃的枝条花干在篱爸的花园里可成了千娇万宠的"座上宾"。篱爸天生爱花,被别人弃之如敝屣的多余枝干,篱爸都像是一个母亲孕育生命般将它们细心呵护。

功夫不负有心人,在篱爸每天的精心呵护下,这些原本蔫头耷脑的枝干在园子里渐次恢复了生机,慢慢舒展开来。它们贪婪地吸收着甘露阳光,像一个个明艳艳的小女孩在风中摇曳着,尽显它们的娇美。加之三亚常年高温,不到一个月的时间,多数的花枝都已长得郁郁葱葱,足有半人高了,有的花枝上还悄无声息地挂满了花苞。

就这样,时光流淌中篱爸的园子里渐渐热闹了起来,花儿渐渐开放,每一天清晨都会有意想不到的惊喜,果树也陆陆续续开始挂果,每一天都呈现不同的风采。那时篱爸最幸福的事,就是黄昏时分,结束了一天的劳作,闲坐于小木屋前的台阶上,举目远望这片承载了她全部梦想的花园,哪些果树结果了,哪棵果树结的果子最多,她都如数家珍。

诱人的果子日益丰满,果园里随处散发着沁人心脾的果香。要知道这些果实不仅被篱爸看在眼里,也时常被华哥"惦记"着。即使劳累的时候,华哥也从不抽烟解乏,他最大的爱好莫过于"偷吃"果子了。劳作时一旦发现了"中意目标",华哥便会趁篱爸不注意,将偷偷摘掉的果子藏到自己的内侧衣服口袋里,趁休息的间隙将自己隐藏于茂密的果林里,然后再狼吞虎咽地一口气将它们吃完。可华哥也并非总能得逞，有时他会突然被篱笆逮个正着，而此时也总少不了被篱笆一顿捶打。

就这样，一个护花如命，一个"偷果成瘾"，枯燥的田园开荒生活，也总能氤氲出快乐的时光。

梦想在悄然绽放

10年时间里,我们经历了台风,我们经历了家园重建,我们经历了从无变有,我们终将梦想变为了现实

第六章 当梦想再度破碎

台风初体验

或许,他们可以一直这么幸福地生活下去,如果没有台风。

从小生活在重庆的篱笆和华哥,只是在电视上偶尔看到狂风大作的台风天气,却并未亲身感受过它的威力。第一年的夏季,当雨季来临,台风不断时,他们只得在小木屋里"拆东墙补西墙",被一场接着一场的台风折腾到完全喘不过气来。

其中有一场台风,令他们至今想起都胆战心惊。

那天傍晚,只见阴云密布,雷声震耳,还未等篱笆他们反应过来,密集的雨点便以迅雷不及掩耳之势倾泻而下。一下子慌了神不知如何是好的华哥一个箭步跑到篱笆的房间,试图将其被褥卷起遮掩起来。可说是迟那时快,待他回过头来一看,就连他们平日里吃饭用的锅碗瓢盆都早已浸泡在雨水中,紧接着一阵呼啸而过的狂风把小木屋上的一侧房角也掀翻,被掀翻的房角一瞬间被吹散得无影无踪。缺失了屋顶的小木屋在台风中如大海里摇摇欲坠的一叶扁舟,危在旦夕。

"太危险了,得赶紧带篱笆离开这里!"华哥在慌乱中马上反应。大雨如注,视线也在倾盆的雨水中变得越发模糊,可任凭他怎样呼叫篱笆,都无人应声。华哥急得直冒汗,冲到园子里扯着嗓门一声声唤着篱笆。

眼前的一幕,让华哥难过得有点猝不及防。时至今日,华哥依旧不能提起这件事,每每念及此事,他都会忍不住红了眼眶。

只见不远处的篱笆,全身湿透地蹲坐在地上,四周溅起的泥水弄脏了她的裙子，雨水狠狠地砸落在她的头顶，头发一缕缕紧贴在她脸上……可她全然不在乎，正试图奋力抱起一盆盆在大雨里浸泡得不成样子的花。

华哥的眼睛湿润了，虽然大雨模糊了他的视线，但他知道那一刻，篱笆的眼里肯定满含着泪水。

"身体要紧，等台风过去了咱们还可以再种！"华哥一个箭步跑上去拽起篱笆。

"没了，全部都没了……"

篱笆的眼泪终是没有忍住，一句话没说完便趴在华哥的肩头泣不成声。

"你放宽心，这次咱们吃亏就吃在没有应对台风的经验上，经历了也未必是坏事，以后咱这不就有经验了吗？你等着，现在雨小多了，我去买蜡烛来。"

华哥一边将篱笆扶到附近安全些的避风处，一边安慰她说。

每逢台风天气前，当地的居民都会未雨绸缪，提前囤积好蔬菜和粮食，非必要不出门，谁也不会赶在台风天气里去东奔西跑，更何况这种鬼天气很多商家都会打烊，出去了也难免无功而返。

这点华哥可是深有体会，本想去超市买点简单的生活用品，可他接连跑了几公里，连一盒泡面都没买到。无奈，他只得凭借着手机屏幕微弱的灯光，到附近的村民那里借上几支蜡烛先挨过去再说。

狂风暴雨骤停，点上了蜡烛的小木屋，虽一片狼藉，但总算有了一丝得以喘息的平静。

"这里不能再待下去了，我们赶紧收拾必要的东西，先离开这里再说。"华哥说。

正当他们一筹莫展找寻容身住处时，负责大东海片区的居委会王阿姨打通了华哥的电话。

原来他们的木屋在大东海居委会那里早有备案，台风天气里居委会要务必确保当地群众的安全，便挨个打电话确认他们是否已按要求转移到了安全的地带。

就这样，在当地居委会的统一安排下，篱笆和华哥被暂时安置到他们小木屋附近的一家快捷酒店里，好不容易才渡过了这场"台风风波"。

台风后重整家园

被摧毁的家园

台风过后,阳光明媚,碧空如洗,似乎一切都恢复了往昔的平静。

顾不上吃早餐,背起行囊,踩着泥泞,一大早篱笆和华哥便回到了他们辛苦折腾了大半年的园子里。

心有余悸的篱笆一路上无数次脑补了惨遭蹂躏后的花园的样子,可当他们真正看到园子的那一刻,她依旧失落得无处遁逃,眼睛一阵酸楚,簌簌地落下泪来。

一天前还生机盎然的花园,如今却一片狼藉,甚至找不到一处能下脚走路的地儿。那些被篱笆辛苦培育了大半年的花儿才刚开始繁茂,多数都已结了花苞,此刻却都被拦腰截断,奄奄一息。还有那些平日里她都舍不得吃的果子也都一堆堆烂在泥水里,生气全无。

抬眼之处,皆为残垣。目之所及,满是狼藉。

一场突如其来的台风,再次将他们呕心沥血一点点建好的花园无情地打回了原点。或许,对于一般人来讲,被摧毁的不过是一些再普通不过的花花草草,从头再来又何妨!可对于篱笆来讲,它们都是一个个富有灵气的"生命"啊,是她费劲了千辛万苦好不容易精心养大的"孩子们"啊,失去它们何尝不是一种剜心之痛。

痛苦猝不及防,压力无处宣泄,一种巨大的无助感瞬间将篱笆紧紧包围,压得她喘不过气来。她目光无神地瘫坐在地上,没有眼泪，也没有任何表情，只对华哥说了句："华哥，我真的好累。你看，连老天爷也不喜欢我。我好累好累，我想回家。"

华哥知道篱笆心里难过得要命，但却说不出一句安慰的话。要知道，篱笆的快乐和痛苦，在华哥那里都会无形地放大。

雨后的空气里依旧弥漫着丝丝凉意，他静静地拍打着篱笆的肩膀，脱了外套为她披上，然后径直走去灶台处，试图从一堆泡水的烂木头里找出些干燥的来。

清理灶台，点上柴火，清洁餐具，拾捡院落中散落一地的果蔬，在炊烟袅袅中将它们做成道道美食。不是华哥不难过，而是他心里清楚，他，无论在任何时候，都必须要站成一座山，唯有这样才能给篱笆坚不可摧的安全感。

"你看，无论昨夜我们经历了怎样的狂风暴雨，今早醒来，我们依旧可以通过我们的双手让我们的花园再度——炊烟袅袅。"待篱笆平静，华哥认真凝望着篱笆，说了这句意味深长的话。

此时，温柔的夏风正拂去篱笆眼角残留的泪水，湛蓝色的天空中竟出现了一道绚烂无比的双彩虹。

打道回府

岁月如梭，转眼已至年末。经历了千辛万苦后，当触手可及的梦想再度支离破碎，篱笆开始想家，想熟悉的乡音，想父母慈爱的面容，也想老院落那一棵默默等待她归来的桂花树……这个春节，她想和华哥一起回家过年。

一场台风，不仅摧毁了她的梦，而且几乎让他们前期的投入"血本无归"。为了省钱，几经比较后，他们最终购买了大年除夕之夜最便宜的特价机票，因为这是他们唯一能支付得起的。

但对于第一次坐飞机的华哥和篱笆来讲，无论多晚都是一件值得兴奋的事。他们早早地收拾好了行李，整装待发。

经过近3个小时的飞行，大年初一，他们终于辗转回到了故乡。

冬季的重庆阴冷潮湿，和三亚的温度相差有20多度。刚下飞机，扑面而来的寒风凛冽得像刀子般，吹得脸生疼，篱笆全身冷得直打战。

回到家里，与亲人围坐，灯火可亲，围炉夜话，静听风雪，曾经一切的烦恼苦闷都已不知不觉间烟消云散。

母亲与篱笆促膝而坐，她满脸慈爱握住篱笆的手，仔仔细细地端详着，竟不知不觉红了眼圈，好一会儿才叹了口气说："那时候就告诉你，不要去那么老远的地儿，你就是不听话，你看看这才多久，竟晒得比我这老太婆还黑咧，还有这手一摸就知道没少受累……"

母亲终是说不下去了，扭头抹起了眼泪。

"妈，您别难过，海南就是太阳大，热了点，但冬天也暖和呀，现在正是好时候呢，真没你想的那么糟糕！"篱笆反倒宽慰起母亲，说这话时篱笆的声音有些哽咽，那个被台风无情摧毁的家园再次浮现在她的脑海中。

可无论在外面经历了怎样的风风雨雨，回到家抖落一地的风尘，搁浅所有的挂虑愁绪，和父亲聊聊海南的见闻，陪母亲做做家常菜，在有限的时间里，尽可能留下轻松愉快的回忆，在篱笆看来，便是人世间难得的清欢。

纵使心里万千愁苦，她都不在父母面前提及，从小到大，她习惯了在父母面前报喜不报忧，习惯了笑脸迎人，然后一个人默默承受起所有。

浓浓的年味驱散了往事的阴霾，噼里啪啦的鞭炮声里传来母亲炒菜的声音，香味四溢，通过院落飘入房间，每天清晨都能唤醒赖床不起的篱笆。累了，倒头就睡。醒来，就有饭吃。不用担心房租涨价，也无须挂虑明天的路在何方，回到家里的篱笆，仿佛又回到了小时候。

半个多月过去了，日子不慌不忙，岁月轻轻浅浅。可有些事一直在篱笆的心里，她虽只字未提却并不曾忘记，这些事只会随着时间的推移越发深刻。好像一个出门在外的母亲，又怎舍得狠心彻底抛弃自己的孩子呢？

终于，她等不及了！她不止一次地打电话告诉华哥，她实在无法控制自己，她承认"面朝大海，春暖花开"的田园梦，依旧在午夜时分令她魂牵梦萦，她不甘心！她要回去！马上！

这个世界上，华哥自然是最懂篱笆的。懂她的无奈，更懂她的执着。一句多余的话也不会问，听到篱笆的诉求他便当即拿出了仅有的2000多元现金，订了2张飞三亚的机票。他说过，这辈子无论篱笆做什么,他始终都会坚定地站在她的背后,然后每一次都会坚定地告诉她:往前走,别害怕,有我在。

就这样,拉着装满了家乡折耳根、桂花枝和各类枝条、花种子的行李箱,篱笆和华哥再次踏上了前往海南的旅程。

离开家门的那一刻,篱笆回过头来再次环视故乡满是斑驳的院落。此去经年,又将经历怎样的潮起潮落,她不知道,但她坚信:唯有放手一搏,混出个人样来,才对得起她这一路上所经历的颠沛流离。

篱笆在田园里摘丝瓜

第七章 何处是我家

当梦想重回起点

重返三亚后,被台风摧毁的小木屋断然是无法再回去住了,更何况安全起见,大东海居委会也已多次给他们下发了危房拆除通知书。因此,当务之急便是先在他们租地的附近找一个房子安顿下来。

靠着以前租地认识的老乡,他们最终租住在了大东海附近的一处城中村的民宅里。在外人看来,他们是情侣。可只有他们自己知道,他们的中间其实仍旧有一条隐形的"界限",而这条界限的主动权掌握在篱爸的手里。

篱爸不愿意跨越的界限,华哥必定会小心翼翼地维护。虽然华哥并不是无所不能,但却愿意为篱爸竭尽所能,用她喜欢的能接受的方式呵护着她,无论结果如何,也不管这场等待的期限到底有多久。

一房两室,各自一间,倒也自得其乐。房子逼仄潮湿,但比起原来自建的小木屋,起码再也不用担心下雨天漏雨了。有时,劳作了一天归来,他们也会在路边采一束不知名的小野花,插在洗净的罐头瓶里,放在客厅的破旧茶几上,局促的屋子瞬间也有了诗意。

可更多的问题也开始陆续暴露。

起初为了省钱重造花园,他们选择了最便宜的一楼房间。平日里倒也没有什么,可一到雨季,雨水绵绵数月,常常是屋外倾盆大雨屋内潮湿异常,断水断电成了家常便饭,蟑螂老鼠满地乱跑那也是常有的事，最重要的是每次去地里劳作，来回都要花去大半个小时，远不及在小木屋里居住时那般便利。

曾经的梦想，没想到在现实面前，竟是如此不堪一击。可毕竟是自己的选择，就算打碎牙和血吞，又能跟谁诉苦呢？那段时间，篱笆的睡眠也越来越差，经常会莫名地头疼，稍有动静便会突然惊醒，醒后又久久无法入睡。

一个夏季的雨夜，雷声震天，雨点颇急，狂风骤作，一道闪电一下子将篱笆惊醒了。她顺势起床走出卧室，想确认下客厅的窗户是否关好了。

看着外面黑漆漆的一片，好像看到了自己前面的道路。一片黑暗，风里雨里，何时才能有一处属于自己的避风港？天下之大，竟找不到一处容身之地。想到这些，多愁善感的篱笆竟默默淌起了眼泪。

还未来得及将眼泪擦拭干净，她便听到华哥房间开门的动静，原来华哥也被半夜的雷声惊醒，看到客厅亮着灯，便出来看看，却看到了梨花带雨的篱笆。

此时，夜已深，像一双黑色眼睛，有一种深不见底的寂寥。没有刻意的追问，华哥只是倒了一杯温水递给篱笆，然后一言不发地坐在那里，静静陪着她。

懂你的人，不必解释。解释的人，必不懂你。

一阵长久的沉默……

"华哥你看，外面漆黑一片，什么也看不见。"篱笆故意将头扭向窗外，叹了口气说。

"不，天会亮的，要相信天亮之后会很美。"华哥说。

没想到，不经意的一句话让篱笆彻底破了防，积攒了这么久的委屈，挨过的那么多的辛酸，一一浮上心头，化作此刻的泪水，汹涌而出，止都止不住。

华哥看在眼里，心快要皱成了一团，手心急得直冒汗。他实在不忍心看着心爱的女人如此伤心难过，于是，忍不住走上前轻轻地拍打着她的肩膀说："相信我，风雨会过去，生活也会越来越好。这辈子，我也没啥追求，就是拼了命保护你……"

　　华哥的话还未说完，篱笆哭得更凶了，看着华哥深情款款的眼神，她情不自禁地一头扎进了华哥的胸膛。

　　风雨飘摇的夜里，一场台风的伤心往事，让两颗年轻的心渐渐走近了。这一刻，华哥曾幻想了无数次，没想到幸福来得如此猝不及防。

　　那也是篱笆第一次如此贴近一个男人的胸膛，近得能清晰地听到华哥强有力的心跳声。

　　华哥温柔地将篱笆揽入怀中，轻轻为她拭去眼角残留的泪水。那一刻，华哥在心底暗暗发誓：往后余生，在我这里，我的女人只能幸福！

从此，不再流浪

从此，给篱笆一个家，让梦想不再颠沛流离，成了华哥不懈奋斗的动力。

不久后，因为城市规划，他们所租住大东海社区即将拆迁，他们不得不面临再次搬家的窘境。

吸取了以往的经验教训，这次他们商量后决定在附近的村庄寻觅一处宅基地，建一所有着大院落的房子，房前种花，房后栽树，一年四季，瓜果飘香，花香满园。即使不能完全实现理想的生活，也要全力以赴把日子过得活色生香。

几经波折，最终他们在大东海北部的山脚下找寻到了一处符合他们心意的宅基地。

地是找到了，可作为一个外地人，顺利地把房子盖好，可着实让篱笆和华哥吃了不少的苦头。

开工的第一天，缺水没电，施工无法推进。没有水，大不了请师傅打口井，好歹可以解决。但是电，这荒郊野外找户人家都成困难，从哪里通上电又成了无法推进施工进度的大难题。

为了早一点把房子建起来，那段时间，华哥不知穿破了多少双鞋，拿着烟赔着笑脸拜访了多少户人家，也吃了数不清的闭门羹，最后在无数次的软磨硬泡后，好不容易找到附近一户村民，愿意为他们提供有偿供电支持，这才解决了他们建房施工的燃眉之急。

解决了水电的难题，为了省些工钱，华哥也同雇来的泥水匠一起投入到房子的施工中，搬沙和灰，砌砖批墙……几天时间，华哥熟练得俨然一个专业的泥瓦匠。

因为着急入住，再加上他们的手头并不宽裕，他们原本计划的3间毛坯平房在短短两个多星期后便初具规模了。

竣工时，恰逢傍晚，不远处的村子里，炊烟袅袅，鸡鸣狗吠。夜幕一点点下垂，温柔了一天的疲惫。来不及换洗沾满泥水尘土的脏衣服，篱爸和华哥并肩坐在粗糙的平房顶上，听远处风吹树叶的"沙沙"声，等待夕阳缓缓下沉，细数天上若隐若现的繁星，看倦鸟归林……

虽然四下还只是荒芜之地，但有了这一方小小的院落，一颗心终于不再漂泊，梦想便也有了栖息之处。

一场声势浩大的迁徙

房子建好了，虽然简陋，却有了相对安稳的栖身之地。可如何搬迁，将大东海6亩多地里的苗圃、果树和小动物迁徙至新家，又成了摆在他们面前的难题。

普通的搬家，顶多是一些家具家当，只要收拾停当，一辆货车便可以顺利完成。而田园搬家，正应了那句老话——"人挪活，树挪死"，稍有不慎便会导致绿植花卉等大面积死亡，即便勉强能存活下来的，也需要再精心养护数月，才能恢复曾经的芳华。

更不必说还有花园里散养的鸡鸭鹅等小动物，要想把它们装入搬家的货车，可是需要一番"捕猎神功"的。篱爸和华哥满园子追着小动物跑，鸡毛漫天飞，尘土扑面来，也抓不着几只。

生活的智慧，总会在困难的时刻如火花般闪现。

为了最大可能确保花园里植物的存活率，篱爸想出了一个好办法，首先她对花园里的所有花卉绿植进行甄选，挑选出一部分长势良好的植物作为搬迁的重点，为它们修枝剪叶，剪除不必要的缠累。接着，分区域将它们连根挖出，再用提前准备好的保鲜袋分门别类包裹好，再安排华哥用租来的小货车将它们统一移栽至新家的园子里。

至于那些满世界乱跑的鸡、鸭、鹅等动物，经无数次实践后，华哥也学会了如何与它们斗智斗勇。他向附近渔民借来渔网，趁夜晚小动物们倦意正浓时，一张大网便将它们收拾得服服帖帖，虽然鸡飞狗跳，但好歹将它们"尽收囊中"，倒也节省了不少气力。

即便这样精心,一些植物也在一路的颠簸折腾中生机全无、奄奄一息,篱爸使尽浑身解数,依旧无法将它们养活。

就这样,紧锣密鼓地折腾了半个多月,一场声势浩大的迁徙活动才告一段落。

在如此浩荡颠簸的搬迁中折损了一些较为娇嫩的植物,新移栽的植物恢复生机尚需要数月的时间,但当看到自己所热爱的一切又开始渐渐恢复美好的样子,当期待成了指日可待,当梦想再次触手可及,篱爸原本一颗彷徨不安的心也缓缓安放了下来。

每天醒来,阳光普照,雨露尽染,放下尘世里所有的羁绊缠累,清心去庭院前的园子里走走,自有一番雅趣。

生火做饭,在婉转的鸟鸣声中和华哥共用早餐,虽然素衣简餐,却也能自得从容。闲来无事,清扫落叶,修剪枝条,浇水施肥,琐碎的日子里也溢满了诗意。

一个月后,花园里的百日草开花了,玫粉色的三角梅也在一夜间冒出了数不清的小花苞……

两个月后,那棵奄奄一息的小木瓜树再度恢复生机,枝叶繁茂,长得足足有一人高了,还有杨桃树……

半年后,门前新栽种的那棵印度紫檀也开始亭亭如盖,在炎热的夏季为庭院提供了一丝丝的清凉。

岁月缓缓流淌,日子不慌不忙,曾经荒芜杂乱的花园里,慢慢有了生气,也有了烟火的气息。

你守着花园，我守着你

时光如水，岁月如歌。园子在篱笆的精心打理下再度枝繁叶茂起来，曾经遭受重创的花儿也再度美丽娇艳起来。台风依旧有，只不过是他们再也不用如难民般东躲西藏了，他们也有了一定的经验提前做好预防工作。

台风来袭前，不再如头一年那般只是傻等着"被动挨打"，他们会提前用木头将所有的树干加固，他们会将招风易折的枝条提前修剪，他们也会将栽满鲜花的盆子扎堆存放避免摔破，他们也不会因为没有储备再饿着肚子。有了自己盖的房子之后，他们的生活也渐渐明朗起来。一切都是如此平静而美好。

3年多的朝夕相处，篱笆和华哥也越来越有默契了，他们彼此依偎却又相互独立，在平凡的生活中弹奏出一首平淡幸福的歌。

为了维持日常养护园林的开销，华哥负责跑单子销售，时常一出去就是一天。而篱笆主要的任务就是守着自己门前的花园，种花修篱，日出而作，日落而息。

不同于平常情侣，他们的幸福不是住了豪华的房子，拥有了多少的财富，他们相互扶持，在追梦的路上一路高歌前行；他们的幸福就是每天睁开眼，看到阳光和心爱的人都在，花儿在洒满阳光的庭院里恣意生长，开到荼蘼，一起见证他们的朝朝暮暮；他们的幸福也是每天午后在屋檐的绿荫下煮茗喝茶，远离人世间的纷扰复杂，只纯粹追求一种理想而静谧的脱尘生活。

他们疼爱彼此，却不会时常把疼爱挂在嘴边，而是在流水的时光里用行动诠释爱情的真谛。看到篱笆劳作晒黑的皮肤,华哥会在回家的途中为心爱的女孩买一顶大檐帽,然后一句话也不说放在篱笆的柜头;看到华哥奔波劳碌一天,衣服都沾满了汗渍,无论多累,篱笆总会默不作声地将华哥的衣服洗得干干净净,华哥的衣服几乎都留下了篱笆爱的余温。

在他们身上,我们看到了爱情不是占有,不是控制,不是一味地索取或付出。而是用对方喜欢的方式,深深爱,浅浅表达,在春风化雨中将两颗心融合在一起,成为彼此生命中不可或缺的灵魂伴侣。

就这样篱笆守着花园,华哥守着篱笆,为了爱情,也为了梦想,在缱绻时光里,彼此成就,守护好稳稳的幸福。

卖花的姑娘

三亚温度适宜，3个月以后的田园，长势良好的大果树陆续结果了，花儿们也逐渐展露了笑颜，花园也在悠悠时光中日渐有了生机。可脱离了稳定物质基础的梦想究竟能走多远，篱笆的心里泛起了嘀咕。

"先吃饱饭，然后将梦想进行到底！"篱笆顿悟，并暗自下定决心，在这条无法回头的逐梦路上，既然选择了，就算跪着也要走完。

如果天生没有翅膀，就通过努力为自己插上翅膀，唯有这样才能尽情地翱翔在未来广袤的天空中。倘若没有王冠，就通过奋斗为自己加冕，勇敢做主宰自己命运的"女王"。

虽然此时的篱笆并不清楚这条路的尽头是否有自己想要的未来，但她相信：生活也许会辜负努力的人，但绝不会辜负一直努力的人。只要坚定持续地往前走，人生总会有柳暗花明的那一天。

经过好几天的实地考察了解，篱笆决定在距离大东海最近的菜市场卖花。

"去菜市场卖花？"虽然脑子里闪过这个念头后，篱笆自己都觉得有些荒诞，毕竟在10多年前，人们的生活水平远不如现今这般，精神生活更是匮乏，几乎很少有人愿意在买菜的同时再花钱为自己买束花。

更何况，如果说养花对于篱笆是一种美好享受的话，那么为了生计抛头露面去卖花也着实是一个不小的挑战。但篱笆更清楚，如果能够通过梦想来谋生，将生活和工作完美融合，那该是多少人梦寐以求的理想生活呀。更何况，唯有扎根于稳固物质基础之上的梦想，才有可能走得更远。

说干就干，当天篱爸便和华哥一起，从附近的二手市场又淘来一辆二手三轮车，作为摆摊的交通工具。

这是一辆"饱经风霜"的三轮车，整个车身锈迹斑斑，布满厚重的灰尘，链条也因生锈断裂开来，轮胎也干瘪，毫无生机可言。

这些旁人看不上的老物件，在篱爸的眼里却独具魅力，像一件等待她改造的"艺术品"。只简单的一桶淡蓝色油漆，在篱爸一顿恣意的挥毫泼墨后，这辆原本破烂不堪的三轮车竟叫人眼前一亮，徒增了几分文艺的气息。

华哥不懂艺术，又怕自己笨手笨脚地影响了篱爸的"创作"，只是默默地在一旁帮衬着她做些杂活。对于华哥来讲，篱爸的出现，是他生命的一抹亮色。哪里有篱爸，哪里便有了生活，哪里便有了诗意的栖居。

当一切准备停当，像打发待嫁的姑娘，篱爸精挑细选出花园里上好的花卉绿植，将它们分门别类栽种至一个个小花盆里，精心打理数日待它们稳固扎根恢复生机后，便决定将它们卖出去。

初次摆摊卖花的那个清晨，令篱爸今生难忘。

清晨5点多，天色还一片混沌，篱爸便起床了，她一个人摸着黑，到园子里仔细打量着每一盆花，仔细地为它们浇水、修剪枝叶，仿佛一个母亲告别即将出嫁的女儿，有不舍，更有期待。

没有经验又怕找不到合适的位置，天还没亮，她和华哥便骑着满载着他们希望的三轮车，来到了大东海边的菜市场。

令篱爸未曾想到的是，这熙熙攘攘的菜市场，人是不少，可几乎都是奔着买菜来的，哪里有人会注意到在菜市场一隅望眼欲穿的卖花姑娘篱笆。

眼看着到中午了，烈日越发火辣辣，买菜的人渐渐稀少，卖完菜的菜农们也纷纷收摊准备回家了。篱笆低下头看看三轮车上的花，它们也已开始耷拉起小脑袋，像一个个垂头丧气的孩子，篱笆的心里很不是滋味。

一位收完摊的菜农阿姐路过篱笆的摊位时，顺道和她寒暄了两句："姑娘，我看你面生，你是新来的吧，以前没见过你。这大半天的花卖得咋样？我不是给你泼冷水哈，这到这菜市场的呀，还是买菜的人居多，花毕竟不是生活必需品嘛！"

篱笆苦笑着看着阿姐扬长而去的背影，越发焦急起来。

"你别着急，俗话说'万事开头难'，你先回去歇着，好好吃个饭，这里有我呢！"华哥看着神情黯然的篱笆，忍不住安慰道。

"没事，我不累。"篱笆嘴上说着不累，其实早已是饥肠辘辘、筋疲力尽，但她就是不服输，她在跟自己较劲，因为她始终相信，这个世界上，一定有一群人，同她一样，爱花如命。她也坚定地相信：无论世事如何变迁，一定会有一种人，愿意在买菜的时候为自己买束花。

就这样，每一天她都满怀着希望摆摊卖花，又一天天带着满身疲惫失望而归，半个多月下来，除了卖出去几盆廉价的绿萝外，其他的花卉根本无人问津，曾经依靠梦想养活自己的梦此刻看着是那么遥不可及。

更糟糕的是，不多久市场内便渐渐开张了专门的绿植花卉门店，这家门店不仅装修气派极为吸睛，而且花卉绿植品类齐全极具卖相，一开业便以绝对优势迅速碾压篱笆的"小买卖"，篱笆的卖花生意相形见绌、举步维艰。

幸运在下一个拐角

坚持或许不会有结果,但所有的结果都在坚持里。虽然心有沮丧,但认准的事,哪怕风雨兼程,依旧会坚持到底,这是篱爸的做事风格。

一个半月后的某个中午,篱爸迎来了人生中一次重要转机。

那日中午,篱爸和往常一样,正准备掏出自带的干粮和泡菜吃午饭……

"姑娘,你这三角梅多少钱一盆?"只听一个温和磁性的中年男声传来。

"3块钱一盆。"篱爸忙不迭边抹嘴边抬起头说。

只见这位中年男子眼神谦逊柔和,一身西装笔挺,给人以文质彬彬的儒雅感。

"哦,那如果我不买你的花,只是租你的花,价格就按照你刚才说的3块钱一盆,但我需要你帮我做好日常养护,不知这样是否可以?"男子继续微笑着问。

"可以,当然可以。您可以先挑选……"篱爸掩饰不住内心的喜悦,几乎不假思索。

男人满意地点着头,而后留下自己的一张名片,便如风般消失在人潮如织的市场里。此时,篱爸仿佛做了一场梦,好久没缓过神来。后来通过这张名片,篱爸得知这位男子是亚龙湾某星级酒店的总经理高总。高总的出现,重新燃起了两个年轻的异乡人在三亚生存下去的希望,也稳稳托住了一个年轻女孩即将被现实摔得稀碎的田园梦。

　　时过境迁，如今的篱笆和华哥通过自己的努力，过上了衣食无忧的生活，但他们不曾忘记那些曾经帮助过他们的人。他们也把这份爱灌注到点点滴滴的田园生活里，传递给更多需要帮助的人。

"偷来"的插花技术

　　三亚依托着得天独厚的旅游资源优势，衍生了比其他城市更多的高档酒店，而酒店往往又需要花卉绿植的装点，来美化环境，吸引更多的住客。

　　高总的出现无疑打破了篱笆卖花难的僵局，同时也拓宽了她的销售思路。能与高总所管理的星级酒店合作，那是篱笆想都不敢想的事情。

　　从此，在高总所管理的那家五星级酒店里，常常有这样一个情景：一个晒得黝黑的小伙子骑着一辆破旧的三轮车，载着一个穿长裙戴大檐帽的姑娘和他们精心养护的花花草草，小心谨慎地将三轮车停在不碍事的角落里。每次来到富丽堂皇的大堂前，他们都会拍一拍身上的风尘，跺一跺脚上的泥土，然后再谦卑地走进去，小心翼翼地为每一盆花浇水、施肥、修剪枝叶。有时也会不小心把泥土溅在光亮的大理石地面上，他们就忙不迭地拿出随身携带的抹布将它们仔细地擦拭干净。

　　即便他们如此卑微谨慎，仍免不了遭人"欺凌"。那时候，不是保安吼他们三轮车停的不是地方，占用了车位，就是保洁阿姨嫌弃他们一身泥土，一进大堂便"虎视眈眈"地直盯着他们……这还算不得什么，更严峻的是时常有竞争对手恶意压低价格，想尽一切办法将他们挤压出局。

　　对于篱笆和华哥来讲，生活中的这点苦算不得什么，关键是机会出现了，要想牢牢地抓住它，必须要有足够的综合实力，才能在激烈的竞争中脱颖而出。

原来，经过一段时期的合作后，篱笆发现，在三亚从事绿植养护租赁的公司不胜枚举，他们不仅有强大的公司团队，也有成熟专业的运营体系。若想在激烈的市场竞争中分得一杯羹，除了踏实靠谱的工作态度外，还需要综合技术的支撑，比如说插花艺术。

虽说热爱，可在此前篱笆并未系统学习过专业的插花艺术。为了让自己的插花作品登上更多星级酒店的"大雅之堂"，篱笆决定到三亚市一家大型的花卉园艺公司去应聘，边工作边学习专业的园艺知识，助力自己的田园创业梦。

篱笆的想法是单纯美好的，可落到实际工作中，她才发现事情根本没有自己想象的那么简单。

起初，篱笆想通过自己勤恳认真的工作赢得老板的信任，以便提前结束试用期，然后教自己各式插花的技术。可无论她怎样尽心尽力，鸡贼的老板始终把她当作外人，处处防范着她。每次只要一涉及插花技术关键环节，总会想方设法给她安排一些浇水、清扫落叶的体力活，尽可能把她支得远远的，生怕她学到一星半点核心技术。

大半个多月下来，篱笆不仅什么都没有学到，手上倒磨出了几个大水泡。篱笆心有不

篱笆的插花作品

甘，她灵机一动，决定换个方式偷偷学。

每次，插花结束后老板安排她前来清理卫生时，篱爸便拿出手机偷偷将插花作品都拍下来，回家以后再照着图片一点点琢磨：花卉的搭配、修剪的技巧、保鲜的技术、造型的设计等，都是她研究的重点。

不单是研究，篱爸还会将自己的学习成果认真地总结在笔记本上，然后照着所学来的技术，采摘自家花园里的花卉植物反复练习琢磨，直到完全掌握。不到半年，她已经整理近4大本密密麻麻的笔记，而这些笔记也成了日后她插花艺术的第一手资料。

梦想在开花

凭着顽强的毅力和对田园生活痴狂的热爱，在华哥默默的支持下，不到一年的时间，篱笆养花的技术、插花的技术都有了质的飞越。

而机遇也总是留给那些有准备的人。随着篱笆养花技术的突飞猛进，他们和高总的合作也开始逐渐步入了正轨，高总所在的酒店由原来的租几十盆花卉绿植到了租上百盆，每逢大型婚礼或接待活动，篱笆还时常受邀为他们做各式主题插花造型，从名不见经传，到通过自己的努力在业内得到高度的认可，每一步篱笆都稳扎稳打，不敢有半点马虎。

当你身后一无所靠，唯有拼尽全力，才有可能在夹缝中生存下来。

正是因为经历了太多的人情冷暖，所以对于高总的知遇之恩，篱笆看得比什么都重。她知道，种好每一盆花，养护好每一盆植物，让酒店花最小的成本获得超出预期的理想效果，就是对高总最大的回报。

虽然他们不善言辞，也不懂得曲意迎合拉拢关系，但凭借着日复一日踏踏实实的劳动，他们最终赢得了高总的高度认可，也悉心打造出了一张亮眼的名片。

为了将园艺事业进一步做大做强，在高总的建议下，篱笆和华哥于一年以后成立了自己的园林公司。凭借着业内的口碑，他们的订单越来越多，园林事业逐渐步入了正轨。

后来，他们的三轮车换成了小货车，还清了欠款，生活也渐渐有了起色。那些曾经看不起他们的人，也开始对他们刮目相看。

我愿意为你

日子有了起色，篱笆和华哥的心里也轻松了很多，他们彼此扶持，相互照顾，早已在潜移默化中成了彼此生命中不可或缺的那个人。

尤其是华哥，他爱篱笆，无论清贫还是富足，不管顺境还是逆境，都坚如磐石般默默守护着篱笆，和她的田园梦。

那个时候的华哥，已30岁出头，作为家里独生子，不停地被父母狂轰滥炸般密集的电话催婚，但他宁愿自己独自承受压力，将对篱笆的爱深深地埋藏在内心深处，最终转化为琐碎生活里对篱笆踏踏实实的支持。

他何尝不想早一点牵着心爱女孩的手，同她一起步入婚姻的殿堂，携手相伴朝朝暮暮，此生永不分离。但他更懂篱笆，所以他愿意等，等她慢慢地转身，等她缓缓地抬头，与他共同期待余生。

日子好起来了，只要有机会，华哥总会在生活点点滴滴的细碎中向篱笆表达爱意。

那一天，是篱笆22岁生日。和往常一样，篱笆6点多起床后便马不停蹄地忙活着园子里的琐事，压根儿不记得自己的生日了。当太阳喷薄而出，阳光洒满整个院落，她正一脸专注地给庭院前的蓝雪花修剪枝叶，一抬头却看到了手捧着一大束玫瑰的华哥。

"你啥时候过来的，咋也不叫我，吓我一大跳！"篱笆笑着嗔怪起来。

"待到山花烂漫时,她在丛中笑。多美的画面,忍不住忘了神呗……"时间久了,在篱爸面前,华哥偶尔也会说几句俏皮话。

"生日快乐!送你的。"华哥将花递给篱爸时满脸自豪。

这是一束娇艳欲滴的大红色玫瑰,花瓣上点缀着晶莹透亮的露水,像极了此时篱爸娇羞颔首的样子。

"你这得花不少钱吧?花园里那么多的花,净花些冤枉钱……"

篱爸在花丛中

"你呀,真是个实诚的傻丫头。这花儿除了买难道我就不能有其他法子给你'弄'来?"华哥开始卖起了关子,篱爸半信半疑地看着她,脸上氤氲出幸福的红晕。

直到华哥骗篱爸说这花是他从路边顺道采来的,篱爸方才作罢。深谙养花技术的篱爸又怎会不知,此种玫瑰在三亚的气候条件下断然是无法成活的。但她只是笑而不语,因为她不想揭穿一个人对她的爱的谎言。

不仅如此,华哥还成了篱爸专职的"采花大盗"。乡野阡陌,林荫田间,山坡河岸……只要有花的地方,都成了华哥为篱爸采摘野花的常去之地。结束劳作,随手采摘一把不知名的小野花,然后亲手送给篱爸,成了那时最开心的时光。

有时，华哥也会骑着一辆自行车，载着篱笆，去更远一些的地方。于丛林深处采摘新鲜的野花，在溪水林间看戏水游泳的鸭子，徜徉在山坡上吹黄昏的海风，安静地等待一场日落……抑或是什么也不做，只静静地躺着看漫天的云卷云舒。

倦了，就彻底放下俗世的缠累，微闭上眼在草地上做一个有关春天的梦。饿了，偶尔也会放下柴米油盐的琐屑，在闹市街边一起吃5元钱一碗的海南汤粉。即使偶尔困顿，也总能在彼此的陪伴中，重获坚持的力量。

幸福很小，生活很简单，可当一颗心变得轻盈，美好便会弥散开来，晕染出一段段难忘的回忆。仿佛醉人的女儿红，时间越久，越发浓烈芳香。

清晨温暖的阳光洒下来,而旁边就是我的家人

第八章

面朝大海　春暖花开

午后的田园时光

随着园林事业的发展，梦想有了一定的物质基础，篱爸的生活终于可以放慢脚步，她终于有了更多的时间享受美好的田园时光。

夏日的午后，在知了声里，睡一个没有边际的午觉。醒来推开窗户，门前的向日葵花海正开得浓烈，在夏风的吹拂中招摇着它们的可爱。

伸一伸懒腰，到园子的椰子树上砍一个成熟的椰青，打开来吮吸一口甘洌的椰子水，午后的饥渴感便消失得无影无踪，心情也跟着清清爽爽。

抑或戴着顶大檐的遮阳帽，着一身飘逸的连衣裙，到庭院前方的花园里采撷一束五彩斑斓的花，火红的三角梅，淡紫色的君子兰，明艳艳的太阳花，开到荼蘼的百日草……随意采摘一把，将它们任意搭配成简单的花束，置于案几上，生活瞬间便多了几分雅趣。

除此之外，闲暇之余，篱爸还尝试着重新拾起了画笔，她不仅要享受当下，更珍惜当下，通过画笔让花园里的美好日常跃然纸上，成为永恒的记忆。

庭院深处，阳光正好，微风不躁，百花齐放，借着紫檀树的绿荫，煮一壶自种的茉莉花茶，静静听一首单曲循环的老歌，画一幅心之所向的"花仙子"，是篱爸最惬意的事。

心若简单，世界便美好。篱爸虽未曾学习过专业的绘画知识，却总能用简明流畅的线条勾勒出栩栩如生的世界，给人以空灵静谧的安宁感。

文字，也是篱笆记录生活的重要方式。

在她的日记里，有曾经走过的那些艰辛与苦涩，也有对未来的憧憬与希冀；有田园养护的经验总结，也有失败困顿时的自我鼓励。与其说是日记，不如说是她内心深处对田园生活独特的倾诉。厚厚的6大本日记，写尽了她这些年来在田园追梦路上的酸甜苦辣。

或许有一天，我们的记忆不再清晰，但是文字却记得，记得时光深处我们曾经的芳华模样。

如果真的有前世机缘，或许篱笆此生不遗余力地追梦是为了了却前世的约定。在人群里，她便如蔫头巴脑的喇叭花，毫不起眼。但只要回到花园里，她便像满血复活的牡丹花，耀眼夺目。泥土，终是滋养她的一方沃土；花园，也必将成为她一生的伊甸园。

"每天远离世界，和泥土花草打交道，会有疲倦的那一天吗？"这个问题我不止一次问过篱笆。

"一定要热爱呀，生命不长，我们要全力以赴地爱呀，即便到最后我们没有如愿以偿过上想要的生活，也要努力把生活过成诗！"篱笆说着，朝我递过来一把新摘的百日草，她的笑容明媚得像个天真的孩子。

篱笆在自己花园里摘水果

我要嫁给你

有句话说得好：如果你觉得岁月静好，请记得一定是有人在为你负重前行。

篱爸深知，为她负重的那个人正是华哥。华哥不善言辞，却总是为篱爸默默扛起所有。正如作家余华说的：爱，不是我多有钱，有多么大的智慧和成就，而是我把一切都给你。关键时刻，替你遮风挡雨。

建园初期，工作量骤增，急性子的篱爸舍不得休息片刻，恨不得不吃不喝把自己关进园子里，一忙就是一整天，不到一个月，本就清瘦的她体重更是暴跌至80斤以下，这让华哥心疼不已。

于是，华哥白天马不停蹄地出去跑业务，一家酒店挨着一家酒店推销自家种的花。傍晚归来，便抡起锄头和篱爸一起挥汗如雨，拾掇花园。有时，他还会趁篱爸沉沉睡去之时，轻轻地摸爬着起身，趁着月色为园子里的花花草草浇水，然后第二天清晨对刚刚醒来的篱爸撒谎说："你看，昨天夜里老天爷真给力，下了一场雨，看样子今天你可以省下些力气了……"

"嗯嗯，知道了知道了，这确实是场及时雨呢！"

看到华哥一脸憨态的真诚，篱爸心里比谁都清楚。只是她不想揭穿这个充满爱的谎言。

那是一个平静的傍晚。白天的炎热慢慢退去，落日的余晖洒满整个花园，树木在风的摇曳中投映出斑驳的影子，大白鹅带着鹅宝宝摇晃着脑袋纷纷回到了窝里。在园子里忙碌了一天的篱爸此刻挎着满篮子现摘的新鲜蔬菜和水果，准备生灶火做一顿美味的花园晚餐……一切都是那么静谧而美好。

"哎呀，美丽的'花仙子'姑娘怎么自己生起灶火了？这烟熏火燎的够呛人的……"

原来是华哥回来了，他一边迅速放下手提包，一边接过篱笆手里的烧火钳，示意她去休息。

篱笆怎会是一个闲得住的人？既然华哥不让她管火，那索性趁这工夫把屋子清洁一下，顺便再把衣服洗洗吧，于是篱笆又开始忙活起来。

她擦桌子时不小心打翻了华哥日常外出用的手提包，一个被吃了一大半的干馒头硬生生地骨碌出来，再仔细一看，提包里面还有一瓶喝了大半的矿泉水……

"天哪，华哥每次总是对我说现在日子比以前好多了，他才不舍得亏待自己，可这就是他所谓的'不亏待'自己？"篱笆心里一阵难过，眼泪差点掉下来，她扭头便要去找华哥"对质"！

华哥蹲在地上，探头仔细查看着火势，不一会儿他的眼镜便被雾气熏得模糊起来，他又赶紧摘掉眼镜，眯起眼继续捯饬着。金黄色的落日余晖透过斑驳的树叶斜射在他的头发上，一根根灰白的发茬格外刺眼……

篱笆怔怔地站在一旁，眼睛更是一阵莫名的酸楚。眼前这个陪着自己一起疯一起追梦的男人，不知不觉间已背井离乡陪自己在这座陌生的城市里闯荡了6年多，如今的他早过了而立之年。6年，足以了解一个男人是否值得托付一生；6年，也足以给爱情一个应有的答案。

这些年，无论高山低谷，无论顺境逆境，他始终不离不弃地默默支持着自己，也支撑着自己的梦想。可以说，没有他，就没有今天的自己。

往事如风,却犹如昨日,一幕幕浮现在篱爸的脑海里,篱爸不知该如何平复自己如浪潮般翻涌的思绪。

平静片刻,篱爸走向庭院深处,采来两支毛毛草,将它们缠绕成一枚精巧的草戒指。

"华哥,我们结婚吧!我想嫁给你!"篱爸一边说一边将草戒指递了过来。

和华哥认识这么久,这是篱爸第一次对他这么主动,而且是求婚。

幸福来得猝不及防,华哥呆呆地站在那里,仿佛做梦一般,竟激动得连双手都不知该放在哪里。

激动得在原地打转了两圈后,华哥这才晃过神来,他一个箭步地冲上前将篱爸抱了起来,兴奋地转起了圈圈。

"你快放我下来,快松手。人家都送你'订婚戒指'啦,你还没送我呢?我可要反悔喽!"篱爸捶打着华哥,撒娇说。

"有,有,当然有!"华哥说笑着便顺势从手边摘下一朵君子兰,帮篱爸戴在了头上的发簪上,仿佛一个俏皮的蝴蝶轻轻落在发间,别有一番情趣。

"又摘我的花,又来采我的花,看我怎么收拾你……"甜蜜劲儿刚过,篱爸就变了一副模样,满园子追着华哥,愣是要揪他的耳朵。夜幕降临,他们的笑声淹没在花园里,随着夜色飘向很远很远的地方……

不久以后,他们终于决定步入婚姻的殿堂,以爱人的身份携手,共赴余生,永不分离。

他们的婚礼是在重庆老家举办的。在亲朋好友的见证下,华哥向篱爸许下了一生的承诺。在时间的沉淀中,他也向无数曾经看不起他的那些父老乡亲证明了一个男人对一个女人奋不顾身的执着。

生活只要用心，你也可以把琐屑的生活过成"诗和远方"

花园宝宝诞生了

操办完婚礼，篱笆便和华哥一同返回三亚，继续为他们的田园事业奋斗。不久后，一直渴望拥有孩子的篱笆发现自己怀孕了。

当华哥得知这个好消息，竟激动得像个小孩子般跳了起来。人生第一次为人父母，虽然没有什么经验，但华哥却坚持一个原则，就是无论如何也不能让篱笆像原来那样高强度的劳作，宁愿自己苦点累点也绝不让篱笆受苦、受累。

于是，华哥便郑重其事地对篱笆约法三章，规定她每天的主要任务就是到花园里随意走走欣赏美景愉悦心情，如果实在无聊只允许做些修枝、剪叶、浇水的轻便活计，至于锄地、施肥、栽果树等重体力活，必须交给华哥。

篱笆知道，华哥这样婆婆妈妈是为了她好，虽然心里并不想如此矫情，但依旧应了他的心意。

那段时间，华哥生怕篱笆闲不下来又开始重操旧业，愣是减少了大半的外跑业务，待在家里寸步不离地悉心照顾着她。可不承想，这日子久了，篱笆听身边的老人讲过了3个月后胎儿就稳定了，没必要那么娇气，便又开始背着华哥大刀阔斧地干了起来。

这下可彻底气坏了华哥，既然约法三章不管用，那只好将她送回重庆老家，这样篱笆能放下田园的一切安心养胎，华哥时刻为她悬着的一颗心也好歹能安放下来。

一不做二不休，华哥当即买了两张机票，亲自将篱笆送回了重庆老家休养，而自己返回三亚，一个人扛起田园各项大大小小的事务。

他懂篱爸,无论身在何处,通过自己双手打造的这片园林始终都令她魂牵梦萦。每一天,琐屑枯燥劳作的间隙,华哥都会把田园每天的变化拍成一张张照片,木瓜树新结出了几个果子,百香果挂满了藤蔓,淡粉色的三角梅又开满了枝头……

虽然身在千里之外,但通过华哥每一天细致耐心的描述,篱爸仿佛身临其境,心里满是安安稳稳的幸福感。

有时,华哥也会有失手的时候。比如说,有段时间因为太过忙碌,有大半个月忘记给新栽的向日葵浇水,想起来时,长到半米高的向日葵花苗都已经枯死大半。

篱爸听说后,急得气不打一处来,在电话里絮叨了华哥好半天。后来,担心华哥记不住,再惹得花儿果树遭殃,她干脆把自己的养花经验悉数整理成文字,然后拍成照片发给华哥,千叮咛万嘱咐,要求华哥务必要按照她说的方法来养花,切不可再大意。

转眼,"远程遥控"和"实时汇报"这件事已坚持了近半年,篱爸也一天天接近了预产期。

临盆在即,安顿好花园里的一切,华哥便匆匆返回了重庆老家,和篱爸一起满心欢喜地迎接新生命的到来。

几天后,他们的女儿——乐乐,在全家人的憧憬中呱呱坠地。这个天使般的小宝贝不仅给他们的生活增添了无限的天伦之乐,也给平日里静美的花园增添了数不清的烂漫童趣。

每一天清晨醒来,看到自己爱的人和阳光都在,或许就是此生最大的幸福。

四季轮回,岁月更迭,看着原来嗷嗷待哺的女儿在花园的林荫路上开始咿咿呀呀、蹒跚学步,再到长成了一个粉嘟嘟肉乎乎的小虎妞,篱爸的心都要融化了……

愿你慢慢长大

大自然，是孩子最好的玩伴。

没有钢筋混凝土的高楼，只有目之所及满眼翠绿的自然；没有熙熙攘攘的人喧马嚣，只有侧耳可闻的虫唱鸟鸣；没有堆积如山的儿童玩具，但大自然里的一切却都可以成为女儿的"玩具"。

也许，对大自然刻在骨子里的爱是会遗传的。打女儿在襁褓中起，只要一哭闹，篱爸便会抱着女儿到花园里遛弯儿，时间久了篱爸发现：花园不只对她有魔力，对她的女儿也一样有吸引力。无论孩子哭闹得有多厉害，只要一被妈妈抱到花园里，脸上即刻便绽放出天真的笑容。有了大自然的助力，作为新手妈妈的篱爸照顾女儿自然也变得越发得心应手。

慢慢地，女儿学会了蹒跚走路，这下园子里就更加热闹了，甚至时常被这个淘气的小家伙搞得"鸡犬不宁"。园子里母鸡新下的蛋还未等篱爸发现，就已经被女儿从鸡窝里掏出来摔得稀碎；菜园子里还泛着青的西红柿，稍不留神便被女儿撸个精光；有时她也会趁妈妈农忙时不注意，偷偷抓一把泥土放进嘴里，然后自觉难吃后又哇哇大哭起来……

但篱爸从来都不会责备女儿，因为在她看来，亲近自然是每一个孩童都应该接受的人生必修课，大自然也是孩子成长最好的老师。不必苦口婆心地说教，让孩子在自然界里去体会春播秋种，去感受付出与收获的喜悦，去领略大自然鬼斧神工的独特魅力，学会在成长的过程中尊重自然、敬畏自然、顺应自然，便是她想要给孩子上的人生第一课。

热爱生活的人，生活也不会亏待她。篱笆用爱造园，用心生活，并将自己热爱大自然的理念用点点滴滴的实际行动，潜移默化地渗透到对女儿的教育中，一转眼，女儿已3岁多了。

当别的同龄小孩还在哭闹着撒娇时，乐乐已经会学着妈妈的样子端起玉米粒给庭院里的鸡鸭们喂食；当很多小朋友还在任性地索要零食时，她已经能自己提着小竹篮摇摇晃晃地到园子里帮妈妈采摘做饭用的蔬果了。

女儿的到来，让篱笆每天的田园生活愈加充实精彩。那时，她终于明白，其实孩子本就是田园生活不可或缺的关键要素，没有孩子的田园终归只是虚无缥缈的诗意情怀，而添了孩子的田园才真正开始有了热气腾腾的人间烟火气，而这看似不起眼的烟火气里才有我们踏踏实实的幸福生活。

于是，怀着对未来美好生活的憧憬，不久后篱笆和华哥迎来了他们的第二个孩子——儿子晴天。

两个孩子的到来仿佛一下子为篱笆打开了人生的另一扇窗，让她的田园生活不止有情趣，更平添了数不胜数的童趣。作为母亲的篱笆每一天都能从大自然里获取源源不断的灵感，这也让她以后的田园事业又掀开了崭新的篇章。

田园也是孩子们的乐园

用10年的努力创造出来的梦想王国里，有花、有爱，也有你

第九章 田园童趣

有了孩子的田园生活,仿佛一下子沸腾了起来。那些走过的路,经历的坎坷,在此刻都化作孩子们天真快乐的童年,水到渠成中充满了幸福的甜蜜。

风来了,吹落了一地的芳菲,染红了满园的果子。这座园,似乎从一开始就是为了一个等待,等待一个幸福的约定,等待一场山花的烂漫,等待一份承诺的兑现。岁月流转,春华秋实,在时光的脚本里续写篱笆和家人们平淡又诗意的生活。

春播秋种

这世上，不仅有一种爱叫"孩子，你想吃什么，妈妈给你做！"还有一种爱叫"孩子，你想吃什么，妈妈给你种！"这就是篱笆对孩子的爱。她不会时时刻刻将爱挂在嘴边，却总会用实际行动来表达对孩子们特别的爱。而花园，就成了她爱的表达。

让孩子吃上绿色健康的蔬菜，带孩子们亲眼见证一粒小小的种子如何结出累累硕果，在大自然中感受万物的神奇，于生活中学会感恩，这是篱笆每天都会对儿女言传身教的事。

"种花养心，怡情修身；种菜养生，温暖时光；园不在大，只为赏心。"这是篱笆造园的原则，菜地边上有花海，花田深处现菜园，浓浓的生活气息中不乏诗意的美感。

每年冬季，北方冰天雪地万物萧条，但在篱笆的花园里，却生机盎然，瓜果蔬菜，香飘四溢，花开满园，旖旎绚烂。

篱笆冬季的菜园

此时的海南,温度适中,天高气爽,云淡风轻,正是播种的好时节。亲子互动不妨从带着孩子们播种开始吧!爸爸锄地,妈妈浇水,宝宝们撒种,在这充满爱的协作里又将有怎样的"大丰收"呢?姐姐和弟弟早已跃跃欲试……

播下一颗小小的种子,耐心地等待,等待它们破土而出的那一刻。好像播种了一个小小的插着翅膀的梦。

姐姐和弟弟每天用心浇水,每天清晨来不及洗脸就跑来田垄边,蹲在地上仔细观察小菜苗有没有长大一点点,哇哦——终于在一天早晨他们看到了破土而出的小芽芽!"小菜芽,小菜芽,快呀快呀快长大!你是我们的小菜芽!"姐姐和弟弟忍不住在菜园子里唱起了自编的小歌谣。

半个多月过去了,小菜芽已经长得郁郁葱葱了,还是要继续为它们浇水呀,天气太热了,要给它们解解渴、洗洗澡。

听说,蔬菜也喜欢音乐,听音乐长大的蔬菜应该很不一般吧?于是,姐姐在花园里、菜田间拉起了小提琴。可是远一点的蔬菜听不到怎么办,姐姐想到了一个好办法——爬到树上拉小提琴,为园子里的花草蔬菜来一场音乐party,就这样姐姐每天放学后便会在花园里开启一场又一场"以天为幕,把大地当舞台"的音乐会。夜

清晨在花园里练琴的女儿

第九章 田园童趣

幕在姐姐悠扬的乐声中渐渐降临了，园子慢慢安静了下来，小提琴的声音划过沉寂的夜空，传到了很远很远的地方，蔬菜在姐姐的琴声中悄悄然长大了……

汗水，告诉孩子们，有一天，他们终将迎来丰收。

一个多月后，种的蔬菜陆续大丰收啦！放学后的姐姐带着弟弟，到园子里采摘一箩筐新鲜的青菜，为妈妈准备做晚饭的食材。"弟弟快看，姐姐发现了一个有趣的宝贝！"姐姐兴奋地呼

蔬菜大丰收啦

每天怎么吃都吃不完的水果大餐

137

喊起来。

原来她发现了青青的菜叶上爬着一条肉乎乎的小青虫,"原来小虫虫也喜欢吃我们种的青菜呀!"弟弟忍不住尖叫,姐弟俩早已忘掉了帮妈妈摘菜的事,在花园里玩得乐不思蜀……

听着琴声长大的蔬菜瓜果成熟了,它们长得是这样的茁壮。

相比于吃水果,比赛摘水果,看谁摘得又快又好又多,是姐弟俩最喜欢玩儿的游戏。

"等不及了,先吃掉再说!"本是帮妈妈摘菜,看到这园子里初熟的西红柿,衣服上一抹直接开吃!可惜弟弟的摘果水平远不及姐姐,见姐姐吃得陶醉,自个儿也摘了一个,一口吃下去竟酸得龇牙咧嘴。

后来,茄子也长成了树,还结出了一串串又大又漂亮的茄子。还有辣椒、芹菜、大萝卜……在北方蔬菜稀缺的冬季里,因着他们和爸爸妈妈的辛勤劳动,花园里迎来了蔬菜大丰收。每逢此时,比赛摘菜成了姐弟俩乐此不疲的游戏。

更多的时候,姐弟俩相亲相爱。姐姐帮妈妈摘菜,弟弟在地头摘一朵漂亮的小

姐姐爬上树为弟弟摘杨桃

花送给姐姐。

有时，姐姐也会爬上树梢，摘一束芳菲送给弟弟。

关键时刻，姐弟俩迅速达成了"统一战线"，看样子可是使尽了吃奶的力气。

晴天赏花，雨天看雨。春播秋收，寒来暑往。花园是家园，也是乐园。岁月涤荡，草木渐深，孩子们也在四季轮回中渐渐长大了。

大自然的万物生长和变化，动物们的繁衍生息和灵性，春夏秋冬的更迭循环，都像是一本生动的教科书，以它神奇的魅力一点点铺展开来，春风化雨般洒落在孩子的心头，撒播下一颗颗种子，等待一个又一个收获的季节。而这些，都是校园无法给孩子们带来的。

大自然，是最好的育儿师，也是篱笆送给孩子们最好的礼物。

姐姐弟弟比赛拔萝卜

田园萌宠

红尘阡陌,在繁花似锦的园子里,过静简的生活,日子平淡却也富足。春季赏花,夏日采莲,秋时收获,冬天剪梅,阳光很暖,日子很慢。这里,你永远不会觉得无趣,因为除了万紫千红的美景外,还有那么多可爱的小萌宠们与人朝夕相处。

一座花园,承载了篱笆全部的梦想,也是孩子们心中的伊甸园,更成了大自然里无数小生灵的天堂。

四季常春,郁郁葱葱的花园里,每天都会有很多小飞虫在天空中悠然地蹁跹起舞,走在园子的任意一隅,总能与它们不期而遇。

有时是色彩斑斓的蝴蝶公主,有时也会遇到纤柔轻盈的蜻蜓小姐,当然最常见的要数每天都勤劳采蜜的蜜蜂宝宝了。它们都有一个共同的特点——不怕人。不仅如此,它们还经常蹁跹而至,降落在篱笆和孩子们的肩膀上、手臂上,用他们独有的方式同他们亲昵。万物有灵,大概它们也被篱笆对田园生活纯粹的热爱所深深打动了吧?

刚出生的猫咪失去了妈妈,姐姐用小奶瓶一口一口地将奶喂到小猫咪的嘴里。日复一日中小猫咪终于被养大了,它竟然把姐

田园萌宠悠闲的午后

姐当成了它的妈妈，常常会钻到姐姐的怀里使劲儿撒娇。

不久后，被姐姐精心喂养的小猫咪长成了肥壮的大猫咪，还练就了一身捉老鼠的本领，成了花园里最神气的"小管家"。

把姐姐当妈妈的猫咪

花园里的公鸡、母鸡最有趣，它们一个个吃得膘肥体健，走起路来威风凛凛，不知何时还练就了一身飞檐走壁的本领，晚上放着舒适的鸡窝不睡，却偏要学着鸟儿扑棱一下飞到树梢上睡觉，如猫头鹰一般敏捷。

小动物们总会给篱笆和孩子们带来数不胜数的惊喜。比如说这只大白鹅，才几天不见，再见时竟在花园的角落里悄悄孵出了一窝鹅宝宝。

孩子们和动物快乐的午后时光

没有鸟儿的鸟笼

"妈妈,你快看,又发现'新大陆'啦!"一天清晨,姐姐兴奋地呼喊着妈妈,原来是失踪了好多天的母鸡终于回家了,它的身后竟还跟着一大群呆萌可爱的鸡宝宝……

爸爸觉得没有鸟儿的花园好像缺点什么,于是他从鸟市为孩子们买来两只装在铁笼子里的鹦鹉。第一次见到鹦鹉的姐弟俩高兴得手舞足蹈,争抢着为鹦鹉布置一个漂亮的新家。

可第二天的清晨,姐姐发现鹦鹉耷拉着脑袋,好像不开心的样子。

"妈妈,鸟儿的家是蓝天,不应该被关在笼子里,只有在大自然里自由自在地飞翔,它们才是最快乐的!你说呢?"姐姐眨巴着天真的眼睛说。

篱笆抚摸着女儿的额头,投来赞许的目光。

最终,姐姐打开鸟笼,将鹦鹉放回了蓝天。

没有鸟儿的鸟笼,却被姐姐和弟弟放满了鲜花,为他们的花园独添了一道别样的风景。

鸟笼里没有鸟,整个花园里却全是鸟儿们在歌唱……

后来,篱笆的园子又增添了新的伙伴:大白兔和孔雀公主。

小动物一下子多了起来,它们都要有各自的"家"才好哇!

"爸爸,爸爸,我们一起给大白兔和孔雀公主造一座漂亮的房子吧,这样它们就和我们一样有家了,以后就再也不怕风吹雨淋了!"

"妈妈,我们一起先把它们的房子画出来吧。等天晴了,我们就可以'开工'啦……"

于是,一家四口,为了小动物们的幸福生活,便开始各自分工,相互配合,马不停蹄地忙碌了起来。姐姐和妈妈绘制草图,爸爸和弟弟准备木板材料,怀揣着单纯的爱心,在一个春暖花开的午后,开工了。

篱爸和华哥一起搭建兔棚

在一家人共同的努力下，仅半天的时间，大白兔的木屋框架都已经有了雏形。

小房子的顶部一定要铺上厚厚的茅草和防雨布，这样不仅美观好看，而且还能防雨降温，有了前面建房的经验，这些活儿对华哥来讲完全是小菜一碟。

大白兔的木屋房子建好后，姐弟俩特意搬来园子里的花草，认真装点大白兔的家。被鲜花环绕的小木屋，瞬间便有了诗意的温馨。

从此，大白兔一家在小木屋房子里开始了幸福的生活……不多久，兔妈妈还生出了一窝萌萌的兔宝宝。

慢慢地，小兔子们长大了，睁开了眼睛，也变得越来越漂亮……

安静的田园

有了小动物的陪伴,孩子们的花园生活每一天都充满着欢声笑语。但,花园也会有安静的瞬间。有时,安静到能听到一朵花开,一阵风的脚步,抑或是夏日午后的嘶嘶蝉鸣……

庭院深深的黄昏,阳光透过门前的老树,斑驳的日光洒落满地,风移影动,姗姗可爱。姐姐伏在摆满鲜花绿植的案几上静静地写作业,累了,就抬头放松,饿了,便随手摘一颗果子。时光静简,一瞬便成了永恒。

周末的清晨,弟弟在花园里画画,画风极为抽象,大概只有他自己能看懂。风很轻,阳光很暖,日子很慢……

夜幕降临的花园,寂寥广袤的星空,将花园温柔地拥抱在怀里,伴随着蝉虫蛙鸣富有节奏的叫声,花儿们、小动物们都沉沉地睡去了,姐姐和弟弟也睡着了……

姐姐在花园里写作业

天黑了,一天再忙,也该休息了,此刻你们回家了吗?

特别的爱

冬天到了，北方地区大都下起了鹅毛大雪，篱笆的花园里却温暖如春。从小没见过落雪的姐弟俩每次看到电视上雪花纷飞的场景，总是忍不住望洋兴叹：好羡慕北方的小朋友哇，如果有一天我们也能堆雪人那该多好哇！

孩子们不经意的言语，很多家长或许只当作无理取闹的童言，压根儿不会当真。篱笆却悄悄将孩子们的话放到了心头。因为，她的内心深处依旧住着一个长不大的少女，她愿意和孩子们一起疯，一起闹，一起筑梦，一起去经历。这，才是她所理解的生活该有的样子。

于是，她开始悄悄地为孩子们准备一份神秘的新年礼物——雪花。

想法虽好，但到底能否实现，如何实现，北方运输过来的雪花能否禁得住这一路南下不断上升的高温，都成了篱笆首先要解决的难题。

办法总比困难多，一旦决定要做的事情，无论如何也要努力将它实现，这是篱笆一向的做事风格。终于，在对多家线上商家的反复对比和沟通了解中，篱笆最终在网上为孩子们定制了一大箱新鲜的东北雪花。

通过严格的运输冷冻措施，元旦当天孩子们便收到了这份特别的跨年礼物。顶着高温，在自家的花园里，穿着短袖，一边擦汗一边堆雪人，着实成了一番奇景……篱笆将孩子们堆雪人的情

堆雪人

景做成视频,发布到网上,没想到一经发出便引发了众多网友的关注点赞,海南各大媒体也因此纷至沓来。篱笆和孩子们有爱、有趣的田园生活一下子便进入越来越多人的视野。

虽然,冰雪在高温中很快便融化了,但无法消散的是孩子们对这件童年趣事的回忆,而这也将成为他们一生中都无法忘却的幸福往事。

多年以后,孩子一定会记得,很久很久以前,他们曾经拥有一个童话般的花园,那是他们和爸爸妈妈用勤劳的双手一点点打造出的梦想王国。我想,那个时候,他们的回忆也许还氤氲着爱的味道,而这味道,必将穿越人生的风风雨雨,抵达他们灵魂的深处,成为他们一生的铠甲。

生活就是日出日落，平平淡淡，你若热爱，每一天都是美好的

第十章 田园艺术

用爱编织的时光

日子平淡，一家四口却也自得其乐。篱笆，赋予田园浪漫的诗意；孩子，带给田园天真的童趣；华哥，成了田园生活坚实的后盾。他们彼此用爱编织时光，在如水的岁月中弹奏出一首动人的歌。

当灵感遇上爱，一切便有了出口。

一到雨季，满园子泥泞崎岖，草木凌乱，一片萧条，叫人无所适从，尤其是有了孩子之后，更需要注意。安全起见，园子急需进一步美化设计，细化打理工作。

重新打理园子虽苦，但有了彼此爱的扶持，日子依旧过得热气腾腾。华哥开荒，篱笆除草。华哥锄地，篱笆播种。华哥搬砖扛木头，篱笆就负责园子的美化设计……就这样，两个人各尽其能、分工明确，成了缺一不可的黄金搭档。

在华哥眼里，篱笆有着顶好的审美眼光和艺术设计能力，很多一般人看都不看一眼的破烂物件，篱笆却能"慧眼识珠"，发现它们与众不同的美。但凡经她的一双巧手稍加设计，这些物件就即刻变成了别有韵味的艺术品。

区别于古代人，很多现代人过田园生活，为了节省体力和时间，不惜花费巨额成本，引入现代化的劳动机械，暂且不说常规的收割机、推土机等，就连灌溉也实现了自动化。这也无可厚非，毕竟我们生活在这个智能化的时代，每个人都有权利选择自己过田园生活的方式。

第十章 田园艺术

对于篱爸来讲,她认为靠双手劳动,等待一粒种子从破土而出到硕果累累,真正享受过程,才是真正有意义的田园生活。田园生活最重要的不是结果,乃在于过程,而过度的机械化虽有效减少了劳作的辛苦,却稀释了过程的乐趣。

同样的,我们生活在这个信息爆炸、物质丰盛的时代,不管你想要什么,动动手指就能买到。篱爸却说,买来的虽好,但总觉得缺少了灵魂的内涵,自己动手创造的才更有意义。

"她可是我们这花园的总设计师,我嘛,充其量就是个搬砖的'工程师'。你看我们这园子里的一砖一瓦可都是我们篱爸亲自设计的。"说这话时,华哥的脸上露出不一样的神采。

篱爸和华哥在田园里

花荫小路

要说篱爸最具创造性的"代表作",那便是庭院右侧的那条花荫小路了。

每年的秋冬交替时节,就到了海南的雨季,此时台风频繁,雨水绵绵,淅淅沥沥,一下就是近一个月。

花园的泥土小路经过雨水长时间的浸润,湿滑泥泞且积水严重,走起路来十分不方便。如何在园子里修一条既实用又好看的花田小道就成了那时篱爸心头的一项重要任务。

每一个热爱田园生活的人,心中一定都有一个诗意唯美的田园画面,而在这个画面里,不仅有赏心悦目的草长莺飞,还要有一条唯美浪漫的花荫小路。

路不在长,但一定要曲径通幽,方能产生引人入胜的神秘感。道不在宽,但一定要雅致闲逸,无论近观还是远望都能呈现不一样的美景。这是篱爸的情怀,也是篱爸想要马上实现的愿望。

"废物利用、绿色环保"是篱爸花园设计的两大核心原则。本着这样的思想,篱爸很快从自然当中获得了灵感。

篱爸从园子里找来几个废弃的塑料盆,按照同样的厚度注入华哥帮忙和好的水泥,将水泥表面抚平后,置于烈日下统一暴晒,不出几天,一个个像模像样的水泥石板就做好了。

待铺设路面的大工程完工,和孩子们一起将提前准备好的鲜草皮铺设在石板路的夹缝中,静静等待它们在时光的流淌中与土地完美地融为一体,更重要的是,让孩子们体会在大自然中创造生活、享受生活的巨大乐趣。

　　华哥看篱笆和孩子们忙得不亦乐乎，不免着急上火，摆出一副跃跃欲试的样子。篱笆见状，将他远远地支开。因为，在她的心里，田园的一切都像是一件艺术品，一定要一脉相承，中途换人设计会导致"画风突变"，大大有损美感。像小时候一样，以地为纸，取自然做笔，篱笆要亲手在自己的花园里绘制出自己心驰神往的生活艺术。

繁花簇拥的小路

　　就这样，从花荫小路的设计，到施工，再到草皮的铺设及路牙石的陈列，几乎全部都由篱笆带着孩子们完成，而华哥自然地成了他们三个人义无反顾的后勤保障。

　　幽径蜿蜒，繁花簇拥，微风拂动，方显情趣盎然。小路的两侧怎么少得了姹紫嫣红的花卉草木呢？待小路铺设完成，篱笆在小路的两侧撒满了太阳花和百日草的种子，之所以选择种下这两种花是因为它们不仅生命力极强，而且几乎全年常开不谢，开花时更是错落有致，相得益彰，煞是迷人。

　　花园美好，乃在于你播种希望，等待幸福，收获美好。

　　两个月后的某一天清晨，篱笆推开门的那一刻，这条小路已经春暖花开了。路的那头，通往园子的深处。路的这头，连接着庭院的茶台。晴天时赏云,雨天时看雨,煮茗读书,忆旧写字,儿女撒欢,小路成了无法取代的田园印记。

也许有一天,成年后的孩子们会想起儿时深深庭院里那棵枝叶茂盛低垂的印度紫檀,还有花园里挥汗如雨为梦想奋斗的爸爸妈妈。也或许,他们依旧会伸出脚丫,去感受那条曾经赤脚奔跑过的花荫小路是否还残留着当年的余温……

篱爸和孩子们快乐的田园时光

树叶做的水池

冬季的北国，早已是冰天雪地银装素裹，而海南却依旧是繁花似锦，正值一年好时光。花荫小路，风吹花香，蜂蝶环绕，满目苍翠。看着自己通过双手打造的花园一点点靠近梦想的模样，篱笆觉得此生再没有什么能比得上田园所带给她的这种深刻的满足感。

细心的篱笆平时喜欢用自媒体记录自己日常的田园生活，当她将耗时近两个月，从设计到完成的整个修路历程发布到网上后，没想到在短短数日内浏览量竟高达数百万，数不清的网友被篱笆敢于追求梦想，用勤劳和智慧创造美好生活的精神所深深吸引。

很多网友留言：这哪是现实中的生活嘛！简直就是童话里才有的世界。更有诸多家长朋友主动联系篱笆，希望能带着孩子身临其境感受她如诗如画的田园生活，同时也找回他们失落许久的童年岁月。

篱笆淡泊名利，一心追求简单纯粹的田园生活。当这些源源不断的赞许声不期而至，她并没有忘记初心，而是更加深切地明白：原来，在这个世界上，还有千千万万的人同她一样，敬畏自然，热爱田园生活，只是绝大多数人囿于现实的种种原因，未能如她一样实现自己的田园梦。

那一刻她发现：这个沾满她汗水的田园不仅是她自己的田园，还可以成为千千万万热爱田园之人的精神家园。那一刻，她发誓，无论如何一定要将田园事业进行到底！

决心、爱和勇气，让篱笆在接下来的田园生活里灵感的火花不断闪现……

"每一个用心生活的人，生活也不忍心辜负他。"这是篱笆常常挂在嘴边的话。篱笆爱大自然，她种下的一草一木，都沾染着她爱的温度。篱笆懂大自然，常人眼中不起眼的花草，她的眼里都能读出不一样的风韵。因此，从自然中汲取灵感，一件又一件"限量版"艺术品便在篱笆的一双巧手中应运而生了。

利用修路剩下的水泥，她独具匠心，迎着清晨的第一缕阳光，从花园里采来滚动着晨露的滴水观音叶片做模子，用沙堆固定好造型后将水泥均匀地涂抹至整个叶片，取田园的废旧木材做桩，经过两天烈日的暴晒，一个错落雅致的田园水池便浑然天成了，构思之巧妙，设计之精美，无不令人拍手叫绝。

篱笆用树叶做的水泥盆

在水池边上摆放上一盆缤纷小巧的太阳花作为点缀，随手摘一片豆角叶片放香皂，弯腰拾捡几片颜色各异的三角梅花瓣浮于水面。经过篱爸的慧心巧手，水池瞬间便多了几分诗意。

田园劳作之余，水池里洗手洗菜，抑或养上几条小鱼，便多了一份雅趣。

篱爸说："我没有专门学过艺术设计，甚至也没有特意学习过园艺创作，我的灵感全部来自我日常的生活，感谢田园生活，感谢我的一对儿女，总是在不经意间给予我意想不到的灵感。"

篱爸用水泥做的物件可远不止这些，每一件都是既实用又美观的艺术品。

旧书桌也有春天

"能把爱好变成工作,把工作融入生活的人,是幸运的。每天,我都用力地拥抱生活,感谢生活让我成了那个幸运的人。"说这话时篱爸显得云淡风轻,低首含笑,内敛淡然。

无论此生走多远,她都始终以一颗淡然的心默默守护自己的初心,她常常将自己取得的成绩归功于幸运,但其实这世界上早有着一条亘古不变的真理,那就是任何人的成功都绝不会是偶然,你看得见的是繁花烂漫,却不曾看见她所经历过的荆棘满地。

回眸一笑百媚生,篱爸之美,不是在外表,而是在心灵,因为她有一个有趣的灵魂。

篱爸心思细腻,她对生活有着独特的理解。

她怀旧,尤爱老物件。在她的眼里,那些略显斑驳的老物件所独有的沧桑感,仿佛在诉说着岁月深处的故事。因此,别人弃之如敝履的诸多破烂玩意儿,她却常常视若珍宝。

无论走到哪里,只要她看到有眼缘的旧物件,她总会悉数捡回来,想方设法重新设计,让它们变得光彩夺目起来。

这是一张被邻居丢弃在垃圾桶旁的破书桌,淡黄色的油漆早已斑驳得体无完肤,桌子腿也被腐蚀得摇摇晃晃。篱爸看到后二话不说便要将它拾掇回家,华哥担心篱爸太过劳神,劝她还是不要折腾了。可不想篱爸却嘟起嘴一脸的不情愿。

"你不觉得它虽然很破旧,却别有一种美吗?它可也承载了不少故事呢。"篱爸说话时眼睛里闪着亮光。

无奈，华哥只得遵命，将桌子老老实实地搬回家并仔仔细细地擦拭干净，华哥的任务这才算完成，接下来创造性的工作，就要交给篱笆了。

旧书桌也有春天。书桌，承载了多少青春的记忆呀！它应该有一个更浪漫的色彩，于是一个夏日的午后，篱笆静静地为它"披上"淡蓝色新衣，小小的书桌瞬间便有了浪漫的气息。

书桌，承载了无数人的梦想。如果梦想有颜色，它一定是五彩斑斓的。长满鲜花的书桌，是否会让你的心泛起涟漪，回想起那些渐行渐远的青葱岁月？

旧书桌也是艺术品

篱笆插花

换上新装的书桌，被篱笆安放在庭院门前的一处角落。日出日落，春夏秋冬，从此，它有了一个新的名字——花田书桌。在这里，它以新的生命诉说着篱笆花园里的幸福故事……

破碎之美

调皮的弟弟不小心打破了篱爸心爱的花盆,犯了错的孩子胆战心惊,不知会不会等来一场"狂风暴雨"。没想到妈妈却淡淡地说:"这个世界本就充满了不完美,不必为打翻的牛奶哭泣,你看——破碎也是一种独特的美。"

破碎的花瓶　　　　　　　　　重新设计

残缺也是一种美好

　　世人皆爱美的事物，譬如万紫千红的花园。但多半的人，爱的不过是它的风华正茂和繁花似锦。殊不知，再美的花园也会经历"昨夜西风凋碧树"的枯萎，也会有风雨兼程的泥泞，如此才是它的全貌。于篱笆而言，花是孩子，是知己，更是生命。有关花园的一切，她都爱。

艺术来源于生活，田园的艺术来自我们与大自然简单的生活

第十一章 田园花事

你是否愿意，携手自己爱的人，远离车马喧嚣和灯红酒绿，择一处庭院，种树养花，煮茶焚香，闲情雅致，烹煮时光，用岁月谱写一首动人的诗？

对于篱爸来讲，此生最幸福的事，莫过于和相爱的人一起种花、种菜、种理想，面朝大海，春暖花开。

千娇百媚

当夕阳西下，天气不再炎热时，篱笆常常带着孩子们在亲手种出的这一大片花海中嬉戏徜徉，去闻一朵花的芬芳，去感受一朵花的意境，去等待一朵花的绽放……

夏季，百日草盛开，微风拂面，暗香袭来，姐弟俩追随着妈妈的脚步，寻香赏花，微闭双眼用心感受每一朵花的醉人清香。

此刻，孩子们想起妈妈常说的那句话：你不必忧虑未来，时光自有答案，只管耕耘，莫问收获，你洒下的每一滴汗水，岁月会记得。

或许，很多年很多年以后，孩子们会带着梦想远走高飞，他们也会拥有属于各自的人生，但是他们一定无法忘却，曾经和爸爸妈妈一起种出的那片花海，那曾是妈妈梦想起航的地方，也是他们生命的起源地。

大自然养育了他们，也给了他们一双善于发现美的眼睛。他们记得，妈妈曾经说过，只要用心观察，用爱生活，花园里的生活总会充满意想不到的惊喜。

花儿亦有灵，当你用爱播种它们，它们总会以十倍百倍的热情回馈于你。正如篱笆无意间种下的这池莲，竟在不经意

夏日的田园花海

的夏日午后，花开满池，醉人心扉……

予独爱莲之出淤泥而不染，濯清涟而不妖。一如篱爸的性格，崇尚美好，淡泊名利。挖地引水，搭桥种莲，于庭院一角，开一池浪漫。看着曾经的荒芜之地一点点花开遍地，于篱爸来讲便是今生最大的富足。就让时光慢些吧，将这美好镌刻为永恒。

白莲清新雅致，紫莲高贵典雅，各有千秋，赏心悦目。无论哪种莲，都能勾起篱爸内心的柔情万千。她爱花，赏花，更护花。每一帧时光里，都记录着她对田园生活最真实的热爱。

午后荷池一角

绣球花开，总让人想到人间美好。花团锦簇，五彩斑斓，每天早晨，将屋檐下的绣球花搬到园子里晒晒太阳，是篱爸的日常。每一朵绚烂的鲜花背后，都有一双悉心呵护的手和一颗充满诗意的心灵。

"昨天经历了一夜的狂风暴雨，向日葵宝宝你可安好？"篱爸爱怜地抚摸着向日葵说。幸好，坚强的向日葵并没有因为昨夜的风雨大片倒下。雨季来临，当务之急要给向日葵做好加固措施。于是，爸爸削竹竿，姐姐弟弟运输竹竿，妈妈插篱加固，一家人在欢乐中配合得无比默契。在篱爸的眼里，向日葵可不仅仅是花，更是她内心的精神力量。她说，这辈子，永远都要做向日葵般的女子，走到哪里，都要散发自己的光和热。

　　做一个向日葵一样的女子，心中洒满阳光，眼里满是柔情。无论昨夜你经历了怎样的泣不成声，清晨醒来，只要阳光一来，你依然可以挺起胸膛，向阳而生。

向日葵大丰收

制作花茶

"暗麝著人簪茉莉，红潮登颊醉槟榔。"茉莉花自古便是文人墨客的心头爱。每逢盛夏，篱爸和孩子们一起种的茉莉花开得正浓，沁人的花香香飘百里，惹人沉醉，举目远眺，草木苍翠，总让人不经意间想起陶渊明的那句"采菊东篱下，悠然见南山"。

穿越时光的烟云，篱爸是幸运的，她终于通过自己的努力，为儿时的梦想插上翅膀，纵情翱翔在独属于自己的这片花海中。

每年5月至8月，篱爸花园里的茉莉花次第开放，蔚为壮观。茉莉花不仅极具观赏价值，而且还可以做花茶。

篱爸和孩子们采摘茉莉花

花开时赏花，花谢前摘掉做花茶，是篱笆养护茉莉花最佳的小妙招。

要说做花茶，茉莉花是篱笆的不二之选。它的全身都是宝，不仅花香淡雅清幽，令人心旷神怡，而且花叶是一味中药材，有止咳化痰之功效。

夏日的傍晚，篱笆时常和孩子们一起背起背篓到花园里采摘茉莉花，然后华哥默默地将它们烘晒晾干，一家人在欢声笑语中体验收获的乐趣。

篱笆种的茉莉花花瓣大而紧实，口感清冽，深受孩子们的喜欢。

炎炎夏日，茉莉花茶便成了篱笆的下午茶里的主角，取几片晒干的茉莉花瓣放置在玻璃杯内，沏上一壶开水，将花瓣彻底冲泡开，慢慢地被开水浸透的茉莉花瓣渐次舒展开来，在透明的玻璃杯里尽情地摇曳生姿，散发出沁人的清香。未饮，香气四溢，扑面而来；小嘬一口，回味无穷，口舌生津，干渴顿消。

"妈妈相信，今生无论你们走多远，一定不会忘记这片花园里泥

篱笆将晒干的茉莉花装在精心准备的罐子里

土的芬芳。"

"可能长大后的你们也会有烦恼苦闷,但妈妈相信,只要你们记得时常弯下腰来闭上眼睛去闻一朵花的香,那一定能带给你们力量。"

"或许有一天,妈妈会先于你们离开这个世界,但是希望你们一定要相信,有花园的地方一定就会有妈妈,所以你们永远都不会孤单。"

……

这是篱爸写在日记里的话。

女儿和可乐美好的田园时光

虽然我没有美丽的面孔，但我会用我的双手创造我想要的生活

第十二章 田园味道

一家人，一个梦，一方院落。田园的生活，因为有爱，烟火也便有了诗意。

只要一家人在一起，平平淡淡里亦有触手可及的幸福。采花煮茗，耕田播种，鸡鸭追随，犬吠于耳，炊烟袅袅，时光便有了丰满的血肉。

黄昏时分的童话小木屋

炊烟袅袅

记忆里，青砖黛瓦上炊烟袅袅。有炊烟的地方，一定有家。而人生所求，不过是饱食与被爱。有家回，有饭吃，大抵就是生活最平凡的幸福吧。

而篱笆的花园一隅，便有一方小小的灶台。经过数年的风吹日晒，如今的灶台早已青苔蔓延，斑驳老旧。但正是如此，仿佛它在用独特的方式诉说着花园里那些被岁月封藏起来的爱的故事。

故事，还要从一碗重庆小面说起。

回首来时路，历历在目却已10年有余。在海南奋斗的岁月里，篱笆吃过海南数不清的海鲜美食，尝遍街头巷尾的当地小吃，可味蕾深处贪恋的不过是一碗来自家乡的重庆小面，用灶火烹煮的重庆小面。

篱笆自幼身材瘦弱，到了海南后发现，相比于家乡重庆，海南当地的饮食口味极其清淡，再加上建设田园初期时操劳，费心之事不胜枚举，没过多久，本就瘦弱的篱笆就又瘦出了"新高度"，1.62米的个头最瘦时竟然连80斤都没有。

华哥实在太心疼篱笆，看到篱笆弱柳扶风般的模样，他决定将重庆的乡味复原到他们这片花园里来。

这样，哪怕在异地他乡，只要炊烟升起，篱笆就能吃上一顿可口的家乡饭了。

说干就干，建园后不久，华哥就用盖房子剩下来的砖头和上泥巴，在庭院右侧的一隅为篱笆搭建了一处灶台。在华哥的眼里，

篱笆的田园生活

这绝不仅仅是一个简单的灶台,这是远在异乡的他们乡愁的寄托,也是琐碎的田园生活里触手可及的幸福。

日出日落,晨起幕落。只用了半天的时间,篱笆心念已久的灶台便建好了。傍晚时分,炊烟袅袅里,华哥为篱笆做了一碗地道的重庆小面。篱笆说,此生她忘不了那一碗重庆小面的味道,那是她吃过的最好吃的一碗面。

后来,有了孩子,在这方小小的灶台上,篱笆继续将这份爱传递给她的孩子们。

都说孩子长大以后,厨房就是妈妈的乳房,而这一方不起眼的灶台就成了篱笆对孩子们爱的出口。灶台,因爱而起,也

田园里的柴火豆花饭

必将因爱而生生不息。

我想多年以后,孩子们或许会忘记很多事。但他们一定会清晰地记得,这个日渐老去的灶台,因为这里有他们魂牵梦萦的"妈妈的味道",而这个味道必将成为温暖他们一生的幸福记忆。

从农田到餐桌

日子不必奢华,守着一方院落,和爱的人朝朝暮暮,粗茶淡饭亦能活色生香。生活不必繁复,种地,养禽,简单朴素也能自给自足。

在篱笆的花园里,你可以将生活的步伐放慢,俯下身来去摸一摸泥土的温润,静下心来去嗅一嗅花的芬芳。你大可不必惶恐三餐饭食,无论你何时到花园里走上一圈,总能邂逅不期而遇的美好,也总会收获意想不到的惊喜。

每次都能满载而归的篱笆

你见过的茄子长多高?你见过长到3—4米高的茄子树吗?篱笆的茄子可不只是简单的蔬菜,它们可被篱笆养成了枝繁叶茂的茄子树。茄子大丰收了,可这么多茄子该怎么吃呢?常常令篱笆发愁的不是没菜吃,而是如何把菜吃完,要知道这可是绝对的健康无污染的绿色蔬菜呀。

你们看过有长在藤蔓上的冬瓜吗?篱笆花园里的冬瓜不仅个头大,还总喜欢"爬高上低"。

"很多朋友看到了总担心它们会掉下来,其实它们可远没有大家想象的那般娇弱呢，这还只是它小时候的样子，过不了多久，它们就会迅速长大，一个人都抱不动。"篱爸自豪地说，话音还没落，就不小心被近处藤蔓上的一个小冬瓜撞到了脑袋。篱爸说，她已经习惯了，这可是小冬瓜在用自己的方式同她打招呼呢。

你瞧，夏天的一场暴风雨后，菜园子里的蔬菜几天工夫便变了一番模样，不久前才拳头大小的冬瓜竟长成了庞然大物，它的外表裹着一层轻薄的茸毛，好像初生婴儿的胎毛，看着着实喜人。篱爸忍不住伸出双手想要环抱起它，却发现远没有想象中那么简单。看来这个搬瓜的任务，就只有交给华哥了。

朋友来家里做客，到花园里随处走走，就能摘上一箩筐新鲜的蔬菜，取自家种的蔬菜和散养的鸡鸭，用灶台做一桌子的美味，来招待朋友，是篱爸和华哥多年来一向的待客之道。

蔬菜大丰收

妈妈的味道

生活并不缺少美，而是缺少一双发现美的眼睛；生活也并不缺少诗意，而是缺少一颗诗意的心。只要你愿意，平凡的生活里也可以有诗和远方。普通的一顿饺子，篱笆也要让孩子们吃出新意来，到园子里采摘一枚熟透的火龙果，榨成果汁和面，为华哥和孩子们做一顿好看、营养又美味的火龙果饺子，看似简单、朴素，却又有着极致的丰富。

日渐成熟的西红柿

孩子们最爱的要数菠萝炒饭，这也是海南一道特色菜。为此，篱笆专门将园子的一角嫁接上几株菠萝枝条，待菠萝成熟时，将新鲜的菠萝采来切开取肉挖壳，将菠萝肉混合香肠、米饭等食材翻炒成黄金样的香酥炒饭，然后再将炒饭倒入菠萝壳中，置于灶台上用柴火蒸制5分钟，一道色香味俱全的菠萝炒饭便做好了。

第十二章 田园味道

年味十足的庭院一角

每逢春节,院落里的灶台更是功不可没,它可是担负着为一家人做年夜饭的"重任"。除夕当天,华哥晨起抓鸡宰鸭,孩子们和篱笆一起准备年夜饭,园子里到处张灯结彩,洋溢着新春的喜悦。

秘制美味

来三亚十多年了,这里口味清淡,篱爸时常怀念家乡重庆泡菜的味道。一个人无论走得有多远,乡味都是深植味蕾的情感密匙,也是一个人的乡土情怀。重庆和海南,相隔万水千山,拿什么慰藉这么多年的乡思?最直接的就是泡菜了。不单是茄子,篱爸种的辣椒也长得繁茂如树,一年里硕果不断。平日里吃不完的辣椒,篱爸会将一部分晒成干辣椒,但多数时候,她则学着母亲的模样将它们清洗晾晒干净,然后做成一坛坛浓郁酸爽的泡椒。

不光是保存蔬菜,对于盛产的水果如何储藏,篱爸也总是颇具智慧。每年5月至6月份,是海南芒果的丰收季。篱爸家种了几十亩上好的贵妃芒,芒果含有丰富的维生素,核小肉多,以其香甜软糯的口感深受篱爸一家人的喜爱。

每逢芒果丰收时,篱爸的果园里一棵看似其貌不扬的芒果树都能结至少上百斤的果子,芒果虽美味,却无奈成熟期密集,且自然长熟的芒果又不宜久存,否则过不了几日便会腐烂坏掉。

篱爸正在制作重庆泡椒

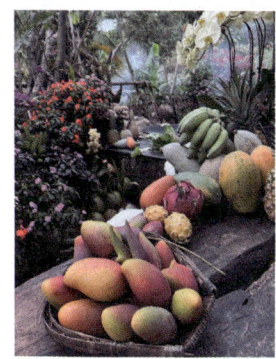

小火慢炖熬制成香甜可口的果酱

为了避免浪费，充分享受芒果带来的美味，篱爸又想出了一个生活小妙招——将一时无法吃完的芒果悉数熬制成果酱。这样不仅解决了存放保鲜的难题，而且还方便将做好的果酱和天南海北的朋友们分享，一起感受芒果丰收的喜悦。

一方土灶台，烹煮时光，氤氲出幸福的模样。也许，很多年以后，沧海桑田，孩子们将走向远方，与这里渐行渐远，记忆也将在他们的头脑中变得斑驳，但他们一定不会忘记，曾经爸爸和妈妈徒手为他们创造的这座神秘花园，亦不会忘却这座花园里日日不息的袅袅炊烟。

篱笆正在切菠萝蜜

第十三章 田园风雨

神秘的儿童节礼物

每年的儿童节,篱爸总会提前为孩子们精心准备一份别出心裁的礼物。儿童节,对于在田园中长大的姐弟俩来说,简直比过年还值得期待。

2019年5月的一个晚上,月朗星稀,夜风拂面,暗香幽至,篱爸和家人晚饭后于花园一隅的凉亭内纳凉饮茶,看儿女嬉闹,听蛙鸣阵阵,忙碌了一天的篱爸不觉中微闭起双眼,享受这如水的夜色中独有的宁静之美。

她心里默默盘算着今年的儿童节要给孩子们带来怎样的惊喜。

……

"妈妈,妈妈,老师说儿童节快到了,我和弟弟最喜欢过儿童节,我好期待哦!"突然,8岁的女儿打断了篱爸的思绪。

"每年的儿童节,妈妈都会给我们'变'出来好多有趣的礼物,我们的妈妈可是有'魔法'的哦!"5岁的弟弟也开始欢呼起来。

篱爸忍不住伸出手来,爱怜地抚摸着儿子的额头,煞有介事地卖起了关子:"那咱们一起干

田园宁静的夜晚

杯,看看今年的'魔法师'妈妈能施出什么样的魔法,好不好?"

"我想和小猪佩奇一样,和弟弟每天都能一起开心地跳泥坑!"

"我想有一个小岛,我和姐姐一起游泳、摘果子,还可以给妈妈摘花!"

姐弟俩越说越激动,童言凿凿地表达着对小岛生活的憧憬和想象。

那一晚,孩子们天真的话语成了篱笆内心深处挥之不去的情结,造一座爱心小岛,摘果种花,引水入园,曲径通幽,别有妙趣。不仅是孩子们的愿望,更是她心心念念的儿时梦想。

当晚,看着孩子们熟睡的模样,她的心再度柔软起来。她决定,给孩子们一份特别的儿童节礼物。

彼时,华哥刚巧出差在外,虽然深知"挖岛"这件事一个人来完成绝非易事,但儿童节眼看着一天天临近了,性急的篱笆还是当机立断,一顶草帽,一把铁锹,一副锄头,择果园一处良地,便开始了一个人的秘密行动。

即便有了先前建园的经验,可最难克服的不是体力的劳累,而是无法改变的高温天气。

海南的夏季,总是比内地来得更加热烈。为了赶时间,那几天篱笆不得不连续数日在烈日下抡着锄头挥汗如雨,累了,就倒在地头小憩一会儿,饿了,就嚼一些自带的干粮。几天下来,她的手上无一处是好的,原先刚刚长好的老茧上长满了破了皮的大水泡,本就瘦弱的她更是瘦得脱了形,裸露在外的胳膊和脖颈也被强烈的紫外线晒得像镀上了一层厚重的桐油,看着就叫人心疼。

好在经过几天紧锣密鼓的赶工,周末孩子放假前,篱笆愣是一个人为孩子们挖好了一个心形的爱心小岛。只要周末先引来水源,姐弟俩就能马上实现如佩奇般开心跳泥坑的愿望了。至于爱心岛后期的建设,她想和华哥、孩子们一起,共同创造属于他们幸福的田园生活。

周末，姐姐和弟弟被妈妈亲手为他们创造的爱心小岛深深震撼了，迫不及待跳入泥坑中帮妈妈一起劳动。

释放天性，亲近泥土，汲取自然之精华，开心、健康、快乐地成长，是篱笆的育儿之道。没有什么比给孩子们一个难忘的童年更弥足珍贵。在篱笆看来，高质量的陪伴远超越一切空洞的物质堆砌，看似简单的举动，其实蕴藏着篱笆对孩子们更加深沉浓烈的母爱。而这份爱，必将伴随孩子们未来长长的一生，成为温

篱笆挖的爱心小岛

姐弟俩和妈妈一起边跳泥坑边劳动

暖他们毕生的幸福回忆。

周末出差回家的华哥,得知篱笆一个人竟又搞出如此"大动作",再看看昔日皮肤还算白皙的妻子竟被晒成现在这般模样,一向心疼妻子的他忍不住数落起来:"你就不能等我回来再弄吗?就差这两天吗?唉,你看你现在……"华哥说不下去了,径自扭头忙起其他来。

"好啦,我没你说的那么脆弱,你看这几天我胳膊上的大肌肉都练出来啦。你看孩子们这高兴的,累点也值了!"说罢,篱笆伸出胳臂故意展示给华哥。

华哥自知拗不过她,便也不再多说,只是默默承担起建岛后面的诸多体力活,生怕再累着篱笆。

"篱笆岛"诞生了

有了华哥的助力和孩子们的参与,爱心岛的建设也变得没那么繁重枯燥了,仅用了两天的时间,小岛周围便按照篱笆的构想错落有致地铺设好了景观石头。

曲径通幽处,一池春波水。通往爱心小岛,怎么少得了一条殷红豆绿的花径呢?篱笆和华哥一起铺设通往爱心岛的石板小路。华哥负责搬运修路所需的一切物料,篱笆则凭借大自然给予的灵感,认真设计并摆放好每一块石板和路边石。

最后,篱笆和孩子们一起在爱心岛的周围和小路两侧种草撒花种,等待一场姹紫嫣红的幸福花事,期待一池碧波荡漾的春水柔情。

时光,是大自然最好的魔术师。晨起暮落,阴晴冷雨,在大自然的酝酿中,草木渐长,花在结籽,绿意渐浓。一个多月后,爱心岛已然呈现了勃勃生机。

远望,如水墨丹青,不忍走近。近观,如置身仙境,如梦如幻。孩童嬉闹,蜂蝶蹁跹,山花烂漫,炫彩蜿蜒,尽头处,

篱笆岛的雏形

一汪池水，波光粼粼。看到此情此景，篱爸忍不住热泪盈眶，曾经那些看不到结果的付出，那些咬牙坚持的艰辛，在此刻都有了回应，如此热烈，又这般真实。

一片荒芜萧瑟的田园一隅，因为一颗热爱生活的心，在一家人相亲相爱的默契配合里，成了令人流连忘返的伊甸园。

有山，有水，有树，有动物，还有快乐幸福的一家人。

从此，周末抑或假期的午后、黄昏，爱心岛成了篱爸和孩子们的乐园。夏日的傍晚，一池的睡莲盛开，晚风中夹杂着青草和花卉的芳香，篱爸俯首采莲，姐弟俩赤脚戏水，华哥则在不远处默默地享受着这触手可及的幸福，为他们留下难忘的记忆瞬间。

修一条曲径通幽的小路

"篱笆岛"的由来

"对了,咱们的爱心小岛还没有名字,不如我们一起给它取一个好听的名字吧?"姐姐的脸上,天真烂漫。

"我想到了,就叫'小猪佩奇和乔治的泥坑'!"弟弟激动地举起手抢答。

"不好不好,我们这才不是泥坑呢!泥坑没有花……"

姐弟俩又开始喋喋不休争论起来。

在"篱笆岛"戏水的孩子们

"好了好了，那叫童心岛，怎么样？"篱笆也加入了孩子们的讨论。

"马尔代夫有巴厘岛，咱们有'笆篱岛'，就叫笆篱岛。"关键时刻，华哥给出了一个堪称完美的名字。

就这样，在一个夏日的午后，一家人，头戴着草帽，围坐在绿草如茵的小岛旁，有了这一场别有趣味的头脑风暴。

后来，篱笆和孩子们总是习惯将笆篱岛叫成"篱笆岛"，就这样将错就错，再后来，笆篱岛就成了篱笆岛，而篱笆就成了大家口中勤劳美丽又智慧的岛主。

在篱笆岛上，他们种花，也种菜。用智慧将愿景变为现实，将情怀扎根土壤，让梦想开出花来。随着时间的推移，篱笆岛风貌渐佳，更显郁郁葱葱，颇具热带田园艺术之美。

"如果说，篱笆岛是给孩子的礼物，我希望小木屋是送给自己的。"篱笆说，以后她还要在篱笆岛建一座童话小木屋，一如她梦境里反复出现的那样。

突如其来的"暴风雨"

梦幻般的田园生活里,其实也并不总是天空常蓝,它也曾经历过无数次猛烈的暴风雨,而这次差点让这个原本幸福的家庭支离破碎。

2020年4月的一天晚上,结束了一天的田园劳作,晚饭后的篱爸突然感觉身体仿佛被抽空了一般,她瘫软地蜷缩在沙发上,有气无力地处理着白天来不及回的信息……

忽然,她全身一哆嗦,脑袋一片空白,竟一头栽倒在地上。她使尽浑身解数想要起身,可手脚却根本不听使唤。一声沉重的闷响声,立马引起了在一旁忙碌的华哥的注意,不明所以的华哥迅速赶来,被眼前的一幕吓出了一身冷汗。

只见此时的篱爸脸色煞白,呼吸急促却又虚弱得发不出声音。意识到问题严重性的华哥本能地想要伸手抱起篱爸,可他发现篱爸的身体好像瘫软得根本动弹不得。担心贸然行事会给篱爸造成更大的伤害,安全起见华哥只能轻轻地将篱爸揽入臂膀,不停地呼唤着意识渐渐模糊的篱爸。

"华哥,快……快打120……救我,我可能不行了……"篱爸使尽了全身的力气好不容易挤出一句话。华哥紧紧抓住她的手,将耳朵压低到她的嘴边,才勉强听得清。

"你先不说话,我在呢,你别怕!"华哥一边安慰篱爸,一边颤抖着手拨通了急救电话。看着篱爸憔悴不堪的样子,无能为力的华哥心疼得瞬间红了眼圈,心急如焚的他早已是汗湿后背。

对于此时的华哥来讲，人生中从未有过如此漫长的等待，他深知等待救护车的每一秒都是篱笆在与死神争分夺秒，没有哪一刻比此刻更令人焦灼难耐。

20多分钟后，望眼欲穿的救护车呼啸而至。医护人员虽然来了，可心爱的篱笆到底怎么了？严重吗？华哥的心里依旧是七上八下，没有一点着落。

看着昔日里笑靥如花的爱人此刻奄奄一息地躺在冰冷的急救担架上命运未卜，自己唯一能做的，却只有等，等待命运的宣判。曾经一个人孤身闯海南，他没有怕过；也曾被生活逼到角落里流泪，他也没有怕过，而这次当无能为力的锥心之痛将他瞬间笼罩，他是真的怕了……

平日里，他习惯了做篱笆的"一座山"，无论生活里遇到怎样的狂风暴雨，有他在，一切都会有出路。而这次，能不能闯过这一关，只能靠篱笆自己了。

到医院后，经过一系列紧急的检查，医生对华哥说："她得的是突发性脑出血，要即刻进行手术。"

"严重吗？要开颅吗？完全康复概率有多大？对以后的生活有没有影响？"华哥一口气连问了医生几个问题。

"我们尽可能先保守治疗，但不能确定手术过程中可能临时出现的风险，也有可能开颅，这要根据具体情况而定。至于康复概率这也是因人而异的。"医生说。

"那把握有多大？能不能给我几个小时的时间，我要带她去海口，找省会最好的医院，看最好的医生，我要她好好的……"华哥心急如焚。

"你这人咋这么轴呢！我实话给你说，这个病非常凶险，晚一分钟都可能对病人带来不可逆的伤害，来回折腾只会加剧病情的发展。你要想救她，赶紧在病危通知书上签字，我们这边才能马上开始手术!"医生已失去耐心。

看着被几位护士匆匆推进手术室的篱笆,手里拿着病危通知书的华哥一屁股瘫坐在走廊的椅子上,脑子里还在嗡嗡回响着医生刚才的话,这张薄薄的纸在手里仿佛有千斤重……

对于医生来讲,一份病危通知书不过是一项司空见惯的例行流程而已,而对此刻的华哥来讲却意味着下一秒就可能发生的生死别离,他紧张得喘着粗气,双手颤抖得连一支笔都握不住。他实在不敢签字,他觉得这字一签好像从此真的要和篱笆天人永隔了一般。

但,又有什么办法?华哥深知,什么都没有救命要紧。最后,他还是含着泪,在病危通知书上签上了名字。

签完字,他用近乎哀求的语气向医生说:"求求你们手术时能不能保住我老婆的头发呀。她特别爱美,以后等她好了能穿裙子了,长头发却没有了,那她得多难过呀。"

旁边的护士小姐姐听到这话,感动得红了眼眶。

这个时候还想着提这种要求,医生本想将这个傻憨男人训斥一顿,但终是没能说出口,只是轻轻拍打着他的肩膀说:"你的心情我们能理解。放心吧,我们会尽最大努力,保你老婆的生命,还有你说的头发!"

此时,完全失去意识的篱笆已躺在ICU病房里,等待她的不知又会是怎样的命运。

那一夜,手术室里灯火通明,医生争分夺秒,插着氧气管的篱笆也在与死神展开一场充满艰难险阻的决斗;手术室外,坐立不安、手足无措、焦灼紧张的华哥只能在心中默默祈祷,希望命运能对这个勤劳善良的女子格外开恩。

经过4个多小时紧张的手术后,手术室的门终于打开了。

医生说,手术很成功,只是具体能恢复到什么程度还不好说。

如果三天三夜醒不过来,重则一辈子都是植物人,轻则留下个脑瘫、面瘫后遗症也很常见,当然也有完全恢复的,但概率极低。无论哪种情况,都要华哥做好充分的心理准备。

同样的话,相似的情形,甚至连台词都类似,怎么电视里才会出现的悲剧一下子硬生生地砸到了自己的头上呢?华哥怎么也想不明白。他的脑袋"嗡"的一声像炸开了锅,再次冒出一身冷汗,心脏也紧张得跳到嗓子眼上。

与命运的博弈

将两个年幼的孩子匆匆托付给从重庆老家连夜赶来的老父亲，三个日夜，华哥就这样一个人静静地守护着篱笆。看着平日里仙女一般的妻子现在却形容枯槁地躺在病床上，曾经红扑扑的脸蛋现今却毫无血色，他的心碎了一地。

他知道此时的篱笆一个人肯定很害怕，他要紧紧地握着她的手，坚定地传递给她十指相连的爱的温度，即便现在的篱笆昏迷不醒，但华哥深信，篱笆是一定能感受到的。

他从来都没有想过失去篱笆的生活会是什么样子的，他也压根儿不敢想象，他也不允许这种情况出现。

漫长的等待期，只要一有空他便上网查询有关脑出血的相关知识，数次以线上预约的方式咨询国内外知名脑科专家，全面学习相关知识，以期最大限度地帮助妻子更科学地恢复。但令华哥失望的是，所有医生的回答几乎如出一辙：等，只有等。

一……

二……

三……

三天的时间里，从旭日东升到夕阳西下，再到夜幕降临。篱笆躺在那里，还是一动不动。除了与身体连接的呼吸机规律的字节跳动声，提示着她呼吸尚存，更多的时候，病房里安静得叫人害怕。

第三天夜里，华哥照例拿热毛巾帮篱笆擦脸洁面，看着几天时间里瘦得颧骨凸起的妻子，华哥的心头又不免一阵心酸。他忍不住坐下来拉着篱笆的手，嘀嘀咕咕给她念叨着他们两个人相识以来那些难忘的陈年旧事，许是几天没合眼，竟不知不觉间趴在篱笆的床边睡着了……

睡梦里，美丽的篱笆身穿一身淡粉色的大裙摆连衣裙，长发垂腰，如花仙子般轻盈地奔跑在绚烂深邃的花海中。见到华哥，她回眸一笑，将采撷的百日草花束温柔地递了过来。

"华哥——华哥——"

华哥沉浸在这美梦里，他分明听到有声音似乎隐隐约约在呼唤着他，他使劲地奔向篱笆，拼命地想要抓住她的手，却怎么都使不上劲儿。华哥急得满头大汗，一下子便惊醒了过来。

"华哥——"

惊魂未定，正擦拭汗水的华哥再次听到了同样的呼喊声，不，这不是梦，是篱笆！是篱笆！篱笆醒了！她醒了！

"医生，护士，她醒了，她刚才叫我了，她手指也动了……"华哥来不及和篱笆多说什么，便如范进中举般发疯了似的边喊边狂奔着去找来医生。

闻讯赶来的医生仔细查验了篱笆的各项生命体征指标后，对华哥说："幸好送来得比较及时，你妻子也很幸运，闯过了这道'鬼门关'。现在命算是保住了，至于后续能恢复到什么程度，还得再进一步观察。"

"谢谢，谢谢——"华哥双手合十举过头顶，喜极而泣。

医生离开后，华哥坐在篱笆的床前，哭得像个孩子。他对篱笆说："那天手术前医生让我签病危通知书时，我真的怕，我真的怕我这字一签下去这辈子就见不到你了……"

"以后，我们再也不分开了。"第一次，在篱笆面前，一向坚强的华哥泪如雨下，哭得撕心裂肺。

篱爸虚弱地躺在病床上,虽无法与华哥相拥,两行热泪却滚滚而下,模糊的泪光中她努力地睁开眼认真地打量着这个与自己生死相依的男人,几天不见他竟消瘦了一大圈,胡子拉碴,两鬓花白,越发像一个小老头儿了。

爱的奇迹

在华哥的精心照顾下,篱笆的病情逐渐稳定了下来,身体状况也一天天好了起来,卧床20天以后她已经能下床走几步路,做一些简单的基础训练。虽然身体依旧虚弱,但在医生看来,能在如此短的时间内有如此好的恢复,在医学史上也属罕见。

"有我在,天就不会塌下来。这段时间你就安心养病,园子里的事有我呢,荒废不了!保证让你满意,不信过两天我就给你采一些花来。"华哥安慰篱笆说。

懂你,大概是爱一个人的最高境界。华哥知道,此时的篱笆心里最放心不下的除了孩子,就是她亲手打造起来的那片花园,在篱笆的心里,把它看得和生命一样重要。

于是,除了照顾好生病的篱笆,抽空打理好她心心念念的园子也成了那段时间华哥肩上的主要任务。

"你生病前种下的太阳花都结出瓜子了,我给你摘来了一盘,快尝尝,解解馋……"

"菜地头那棵小木瓜树别看个头小,几天不见竟结了一大堆果子,我看也有'超生'的潜力……"

"你平时最喜欢茉莉花的香味,你看我今天就给你摘来一大束,带着它来医院,连走廊里都花香四溢呢,走在路上那回头率可高了……"

……

就这样,华哥每天换着花样哄篱笆开心,他知道,只要让篱笆每天看到自己种的花，再难挨的日子也能溢出芬芳。

除此之外，他还将花园里每天的变化和趣事拍成一个个精美的视频带到医院里，然后不厌其烦地给篱笆讲述着花园里每天发生的新鲜事。篱笆的病情也在他温情的呵护中恢复得出奇的好，连医生都觉得这简直就是一个奇迹。

篱笆生病后，孩子们一夜之间懂事了许多。那段时间，每逢假期，他们便会和爸爸一起去探望妈妈。姐姐用小提琴给妈妈拉一首自学了好久才会的《世上只有妈妈好》，琴声虽稚嫩，却声声入耳，表达了对母亲最单纯的依恋和热爱。

为了记录这幸福的一刻，华哥特意将它拍成视频发布到网上，没想到一经发出便引发了百万网友的关注，网友们纷纷被这善良、有爱、坚强的一家人所感动。同时篱笆的病情也牵动着百万网友的心，数以百万计的网友自发在视频下方留言，给他们一家送去祝福，希望美丽善良的篱笆早日康复回归到正常的生活轨道。

被爱，被需要，被重视，童年所缺少的这一切，没想到在这一刻如潮水般将篱笆紧紧包裹，汇聚成活下去的信念。

情况一天比一天好起来了，终于在住院近一个月的时候，篱笆已基本痊愈。经过全面细致的检查，医生说，像这样的重症，能够恢复到如此状态可以说极为罕见。再观察两天，如果情况稳定，就可以正

华哥亲手为篱笆编的辫子

常办理出院了。

听到这个消息的华哥,紧紧地攥住篱笆的手,激动得无以言表。

"一定要让篱笆干干净净、漂漂亮亮地回家,回到我们共同的家园,回到我们最初的模样。"这是华哥当时最迫切的想法。

擦洗身体尚算不得什么难事,可为大病初愈的篱笆洗头并非易事。只见他小心翼翼地揉搓着篱笆长发上的泡沫,碰到头皮处就格外小心,生怕再出现哪怕一丁点的差池。

平时10分钟就能洗好的头发,华哥却用"绣花"的功夫愣是洗了半个多小时,直到将篱笆的头发洗净吹干梳好,他这才松了一口气。

病床上,和煦的暖阳下,一阵轻柔的夏风吹来,吹动着篱笆飘逸秀美的长发,虽然她身着病号服,但依旧无法掩藏她清雅隽秀的气质,华哥看着出了神,不觉间眼眶再度湿润。

或许,只有他知道,为了保全这头长发,他到底经历了什么。

脱掉病号服,换上华哥新买的玫红色连衣裙,化上淡妆,华哥说:"这样咱们就能够洗净尘埃,忘掉过去,重新开始。以后咱们一家人再也不分开了……"

回到我们最初的模样

听说妈妈今天要出院了,姐弟俩兴奋地在花园里欢呼起来。他们决定送给妈妈一件特殊的礼物,祝福妈妈永远健康平安。

姐姐心思细腻巧妙,她知道妈妈平日里最喜爱的莫过于花草,再贵重的礼物都抵不过花花草草带给妈妈的喜悦感和幸福感。

于是他们决定在自家的花园里就地取材,为妈妈制作一束美丽的鲜花。采撷沾着雨露的花叶,修剪苍翠的枝条,折一束动人的芬芳,学着妈妈平日里的样子,一会儿工夫一束有趣又有爱的花束便做好了。

听到妈妈熟悉的脚步声,他们如出笼的鸟儿般飞奔了出去。"妈妈——妈妈——"姐弟俩一股脑儿扑到了妈妈的怀抱里,紧紧地抱着妈妈,久久不愿松开,生怕妈妈一不留神再次离开他们。

一旁的华哥,鼻子也跟着一酸。短短20多天,他却犹如过了一个世纪,此时的他竟有一种恍如隔世的感觉。他实在不敢想象,万一妻子回不来了,这个家怎么办?倘若孩子没有了妈妈,还会如现在这般幸福快乐吗?

长达一个月的时间里,他的心如过山车般高高低低:无望的焦虑、心碎的疼惜、挣扎的绝望、极致的无助、重燃的希望、回归的幸福……都让他的身体和心理达到了前所未有的极限。

此刻,他终于可以放心安安稳稳地睡上一觉了。

篱爸天生就是属于田园的女子,田园之于篱爸,犹如水之于鱼儿。回归田园的那一刻,她的心沉静而安宁,远离世界的喧闹,专注于一朵花的芬芳，凝神于一树果实的富足。回到田园后的篱笆，休养的同时也总是闲不住的。

仔细环视许久未见的花园，虽被华哥极力维持，但依旧掩藏不住衰颓的光景。置身其中随意走走，似乎总觉得缺少些灵魂的美感，甚至连平日里常用来煮饭的灶锅都生锈了。

要知道，篱笆可是花园的总设计师呀，缺少了设计师创作灵感的花园，经过个把月的野蛮生长，"不修边幅"自然是肯定的。

刷锅修灶，修剪枝叶，除草种菜，养花施肥，修路造景……虽然刚开始只能做些简简单单的活计，但有了篱笆的田园生活，渐渐又开始有了热气腾腾的烟火气，于修修补补中重新焕发出昔日的风采。

时光缓缓流淌，日子不慌不忙，在花园里，篱笆养花，也养身体。在这片热爱的土地上，篱笆的身心都得到了充分的滋养。

当身体渐壮，热爱生活的篱笆又有了更多的精力，把每一天都过成喜欢的样子。

亲手为庭院的圆桌换上干净的桌布，树荫下饮茶，看孩子嬉闹，读上几页闲书，摘太阳花造一处盆景，兴之所至，随手画几幅魂牵梦萦的花仙子。雨天里，倚栏听雨，或焚香听曲，修养身心。

一草一木，皆有雅致。汲水煮茶，写诗作画，与子同乐，只闻花香，不谈悲喜，汲自然之精华，养身心之锐气。

篱笆总说，田园之美，在于希望。世人常讲：付出不一定有收获，收获一定需要付出。但对于田园生活来讲，只要你肯付出，大自然总是对你慷慨以赠。不信，你看一粒小小的种子，都能够结出累累硕果；一根不起眼的枝条，就能开出姹紫嫣红的春天。

篱笆享受这样的生活，在田园生活里，她一次又一次感受到被呵护、被温暖、被治愈，而这些都是过去未曾得到的。可以说，

花果满园

田园生活，让篱笆再次找回了真正的自己，让一家人再次回到了最初的模样。

在一家人的精心打理下，花园在不久后又迎来了大丰收。置身花海，闭上眼睛，瓜果飘香，花香四溢。睁开眼睛，满园青翠，菜茁果肥，蜂蝶环绕，惹人心醉。

每一天清晨，都会有不一样的风景；每一处角落，都可能发现意外的惊喜。置身其中，仿佛身临莫奈的风景画，每一帧都是美好。

在接近自然的地方，一个人也越接近他的灵魂

第十四章 逐梦篱笆岛

披荆斩棘逐梦路

篱爸的身体完全恢复后，在篱爸岛建一座理想中的童话小木屋被慢慢提上了日程。

现实生活中，成年后的我们在做任何一件事之前，总会本能地在心里衡量一下得失利弊。我们习惯了待在舒适区里做着最稳妥或最能产生直接价值的事，我们无暇顾及风月，因为身边总会有无数的声音告诉我们：你这叫不务正业。

但篱爸却总喜欢做这些常人眼中不务正业的事。然而她的"不务正业"里却恰恰体现着她对生活纯粹的热爱，对梦想执着的追求，不在乎他人的眼光，不畏惧世俗的流言。

按自己喜欢的方式过好这一生，是篱爸一直以来从未改变的追求。天生不是公主，那就唯有通过自己的双手为自己加冕。

而华哥，依旧甘愿做篱爸背后的那个男人，陪她一起疯，陪她一起把梦想一点点变为现实。

劫后余生的篱爸愈加珍惜活着的每一天，这场突如其来的灾难，让她顿悟：人生匆匆几十载，不困于情，不拘于事，心随所愿，每一天都努力奔赴在热爱上，就是最好的人生。

在篱爸岛建一座理想的童话小木屋，推开门瓜果飘香，鲜花满园，蝴蝶环绕，这不仅是篱爸建设篱爸岛时最初的梦想，也是她的女儿一直心心念念的愿望。

在篱爸看来，小木屋是田园生活里的重要元素，它的关键不在于多么豪华，乃在于其灵魂，它几乎承载了主人全部诗意栖居

第十四章　逐梦篱笆岛

给童话小木屋修路的篱笆

的愿望。废旧的木板、长满青苔的泥瓦，园子里的枯树干，都可以成为建设小木屋的"栋梁"。

庭院里，数不清的午后，她和华哥品茶话梦，憧憬着有关小木屋的一切美好，单是想一想都让他们心潮澎湃，于是他们决定在追梦的道路上，再次出发！

于是，说干就干。

和以前一样，篱笆担任总设计师，负责小木屋主体架构的设计绘图。华哥则担任总工程师，负责小木屋后期的施工修葺。

那段时间，天很蓝，阳光很暖，篱笆的身体也恢复得越来越好，劳作间隙，她便拿起画笔，在庭院深处的紫檀树下，一笔一画将脑海里小木屋的样子一点点画在纸上。风吹叶动，婆娑曼妙，披肩的长发和长裙，裙摆亦随风起舞，她时而眉头微蹙，时而闭目冥想，时而埋头勾勒，一副沉醉模样。

每每见此，华哥都忍不住驻足凝望繁花深处专注做事的篱笆，他时常说："我就是喜欢看她热爱生活的样子，有了她，家里才有了生机，家才叫家。"

经过数日的精心构思，一个夏日的午后，童话小木屋的设计手稿终于完成了。图纸上小木屋的简约古朴，诗意浪漫。门前一条曲径通幽的石板路边，开满了错落有致一望无际的小野花，一直延伸到远方的天际处。屋外瓜果满园，姹紫嫣红。单是看着图纸，就让人心生向往。

有了图纸，华哥就有了方向，他们距离梦想又近了一步。

为了达到小木屋建成后花园的整体的自然效果，经过深思熟虑，他们决定在真正动工建房之前先把篱笆岛周围的环境精心美化一番。

诗意的石板路

一条繁花似锦的蜿蜒石板路尽头，有一座童话般的小木屋，是篱笆心目中理想田园生活的样子。于是，修路就成了篱笆建设童话小木屋的第一步。

有了建园初期的修路经验，篱笆岛的路修起来明显得心应手了很多。只是这次篱笆不再全程亲力亲为，考虑到身体的原因，这次几乎都是华哥动手，篱笆主要负责质量的把关和工程的验收。

华哥天生怕热，再加上夏日里毒辣的大太阳，不多大工夫他被晒得头顶秃噜了一层皮，身上的短袖也全都被汗水浸透了，像刚淋了一场大雨般紧紧贴在身上。

夫妻同心，其利断金。当热爱成了动力，当爱情滋生力量，一切便都不是难事了。

大半天的光景，荒草野花便被清理得干干净净，接下来就是铺路了。

华哥和好水泥，找来多个废弃的圆形塑料盆做模具，将水泥灌入其中，置于烈日下暴晒，等待它们凝固成型。

两天后，石板好了。按照篱笆的设计思路，华哥将它们搬运至小路上，依次错落铺设开来。

虽只是一条简单的小路，但深爱这片土地的篱笆力求完美，总是想着将每一处细节都打造得如梦如幻。有时，她也难免"嫌弃"华哥，说他缺乏发现美、创造美的眼光，说他将石板摆放得不够雅致，说他铺设的石板路缺乏引人入胜的美感……

但华哥从不争辩，也从不抱怨，总是一边乐此不疲地调整，一边俏皮地对篱笆说："老婆说得是，老婆说得对，老婆就是比我有水平……"

日子虽平凡琐碎，追梦的路上有华哥的相伴扶持，生活也有了真实的盼望。

石板路铺好后，接下来的铺草种花就是篱笆最喜欢也是最擅长的拿手绝活了。

篱笆和华哥将提前准备好的草皮仔细裁剪好，铺设于石板路中间的夹缝中。铺上了青翠草皮的石板路瞬间便有了"生命"，这刚一铺好，篱笆便忍不住甩掉鞋子，光着脚丫，像个孩子一样，在石板路上雀跃起来，她仿佛看到了小木屋建成后这里的样子。

小路的尽头，是童话小木屋；小路的两侧，鲜花盛开，错落雅致。篱笆首选的是太阳花，她说她喜欢太阳花，喜欢太阳花的五彩缤纷，喜欢太阳花顽强的生命力，更喜欢太阳花浪漫诗意的花语。

一个多月后，石板路上草肥花艳，殷红豆绿，置身其中，仿若身临梦幻般的童话世界，有一种不真实的美好。

池塘变泥坑

岛不在大,有水则灵。

假如在篱笆岛上有一处池塘,春赏荷花夏采莲,冬有百花秋有鱼,岂不是更增了一丝雅趣?

可不承想,花了好几天才挖好的池塘,还没等种上莲花,就遭遇了一场狂风暴雨,一夜间池塘泥沙俱下,原本清澈的池水便成了浑浊的泥坑。

更想不到的是,这反而成了令姐弟俩流连忘返的儿童乐园。姐姐开心地说:"妈妈,跳泥坑好像比种花更有趣呢……"篱笆岛的鸭子们也来凑热闹了,它们扭动着胖嘟嘟的身体也跳进泥坑,和孩子们一起欢快地戏水。

和孩子们一起跳泥坑

原本担心水质浑浊影响篱笆岛整体美感的篱笆,正考虑"卷土重来"重新修建池塘,看到此情此景,突然觉得:真是无心插柳柳成荫,池塘成了泥坑,反而更受欢迎,索性就这样一错到底吧……

于是,篱笆岛的池塘就成了名副其实的泥坑。

名不虚传的百果园

篱笆岛有一棵杨桃树,是篱笆从别处果园里移植过来的,这棵树是篱笆来海南不久后亲手栽种的。如今十二年过去了,杨桃树已从一棵小幼苗长成了一棵大树,每年硕果不断,至少能结上百斤重的果子。每每劳作疲惫之时,篱笆都习惯性地坐在杨桃树下,抬手便能摘上几个杨桃吃,酸甜可口,生津止渴,令人疲乏顿消。

可要想实现推开窗就有瓜果飘香的美好愿望,只一棵杨桃树显然是不够的。篱笆真正想做的,就是在童话小木屋的周围,造一座名副其实的百果园。

无数次,篱笆徜徉在这里,幻想着有一天童话小木屋建成时的样子:屋内灯光如橘,屋外繁花似锦,瓜果飘香。每天孩子们在花田下写作业,于果树下嬉戏,抬眼是花,伸手有果,满眼皆是童趣,岂不乐哉?

先种树,后建房。等待一缕清闲的时光,小木屋建成之时,果树也已然郁郁葱葱、相得益彰,岂不两全其美?

于是,在童话小木屋真正动工前,篱笆和华哥决定先造一座园,一座种满海南全部热带水果的百果园。

同以往一样,篱笆负责设计规划、选果树品种,而华哥负责落地执行,风雨相伴的路上他们早已习惯了彼此默默地扶持。

果树,更像是他们的一种情怀,也是他们在这片热土中梦想绽放的表达,与其说是种果树,其实对于他们来讲更是栽种幸福、播撒希望，和爱的人一起劳动，等待一场甜蜜的丰收。

在幸福的憧憬中，一场浩浩荡荡的栽果种树之旅便开始了。

选品、栽种、养护，每一种果树都如孩子般有自己的脾性，唯有针对性地培育才有可能枝繁叶茂，早结硕果，稍有不慎则有可能前功尽弃，白费周折。个中辛酸劳苦，自不必细说，亦能想象。

经过数月的忙碌，篱笆岛园子里的果树错落有致，高矮不齐的果树越发苍翠挺拔，卓有蔚然之风。篱笆和华哥，在培育果树的摸索中也日益得心应手。

谈及为何给篱笆岛果园取名为"百果园"时，篱笆莞尔一笑，自豪地说："你们放眼望去，猜猜我这岛上共种下了多少种水果？"

正当我们数得眼光缭乱时，篱笆给出了答案——36种水果，可以说一个篱笆岛几乎涵盖了海南全部的热带水果，你们听到的见过的，这里有！大家闻所未闻的，这里依旧也不缺！

篱笆还说，你看：只要用心耕耘，播撒热爱，大自然它从不会让爱它的人失望。你洒下的每一滴汗水，滴到土壤里，经过时光的发酵，终会结出美丽的果实。

你且静静等待。

篱笆在切芒果

我们的童话小木屋

卞之琳有一首诗非常有名：你站在桥上看风景，看风景的人在楼上看你。明月装饰了你的窗子，你却装饰了别人的梦。

对于华哥来讲，篱笆就是那个活在梦中的女子，是在桥上看风景的那个人，也正是这个女人装饰了他的人生。

决定在一起的那一刻起，华哥便决定要做她的"翅膀"，让这个有着花仙子梦的女子尽情地翱翔，没有裙子也罢，没有花容也好，他要亲手为这个女人做一件梦想的霓裳，为她加冕田园公主的桂冠，他要她从此骄傲地仰起头来，再也不要去沾染半点往昔"灰姑娘"的宿命。

一场突如其来的意外让华哥更是加快了为她筑梦的脚步。他说："我怕来不及，我怕她带着遗憾，我怕她受委屈……"而小木屋就是华哥在病房里为篱笆许下的承诺。

不知是那心心相印爱情的力量，还是因为梦想的呼唤，篱笆总算是挺过了那场灾难。

而后，她将手再次递给了华哥，经历过生死险境，篱笆更离不开这个把她捧在手心的男人了，这一次，她要握紧他的手，再也不松开了。

这一次，他们还要一起建设童话小木屋。如果说前期的铺路种花、造园布景、设计规划只是前奏的话，那么现在他们即将开启的童话小木屋建设才是他们心心念念的重头戏。

篱笆岛上，风在吹着花的香，草在结着它的种子，树在分散着它的枝叶，而华哥和篱笆在恬然安静地建着他们的小木屋。

梦想虽美，但造梦的过程却并没有想象中那么浪漫。单是酷暑炎热的天气，都能让多少拥有田园梦的人望而却步。其实，在追逐梦想的道路上并不拥挤，因为能坚持下来的，并不多。

顶着烈日，华哥将一块块木板钉在搭好的框架上，他的汗水一滴滴砸落到泥土里，那些天，他的衣服从来

初步建成的童话小木屋

都没有干的时候。篱笆心疼他，总是隔一会儿就唤他下来休息，为华哥擦汗、拿水、递工具，虽然辛苦，但有了彼此的陪伴，淡淡的日子也能氤氲出幸福的滋味。

在一个夏日的午后，天空中乌云忽至，来不及藏身，雨滴便密集地砸下来。好在，经过连续好几天马不停蹄的辛苦劳作，童话小木屋的木板架构都已安装完毕，初具雏形的小木屋已然颇具田园浪漫之风。看着梦想再一次通过自己的双手一点点变得清晰起来，篱笆喜不自胜。

此刻，天空中的雨下得越发稠密，雨点犹如急促的鼓声，击打在小木屋顶部的木板上，噼里啪啦好不热闹，顿时消减了刚才还酷热难耐的高温。

篱笆却毫不在意，倒像个乐不思蜀的小孩子，躲进尚还简陋的小木屋里。她深情地环视着小木屋的角角落落，抚摸着木板上

每一颗钉子的温度,沉醉于每一块木板的馨香……站在这座承载她梦想的小木屋里,她仿佛拥有了全世界,久久不愿离去。

直到华哥三番五次地唤她,她这才如梦初醒,恋恋不舍地离开。

经过两个多月的建设,小木屋一点点"丰盈"起来,此时篱笆岛上鲜花次第开放,周围芳菲遍野,果树也开始呈现日渐成熟的风姿,美得像画卷。终于,那个原本躺在设计图里的童话小木屋竟真的成了他们触手可及的美好现实。

这大概也应了著名心理学家弗兰克尔说的那句话:"爱是直达一个人内心深处的唯一途径。"爱会激发出前所未有的潜力,而这潜力必将创造一个又一个奇迹。

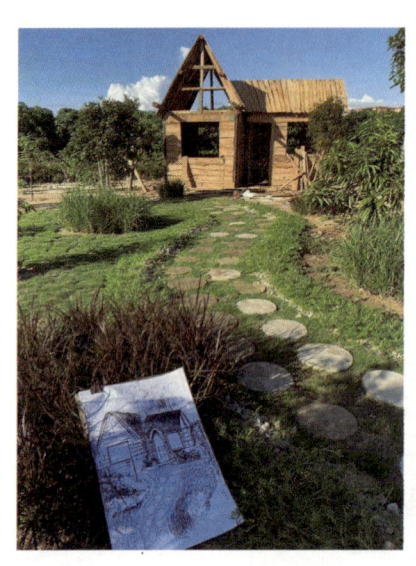

将画纸上的小木屋变成现实

百果飘香

经过陆陆续续半年多的建设,童话小木屋终于完满竣工。经过时间的酝酿,此时的篱笆岛上,早已不再是半年前的那番荒凉光景,目之所及,郁郁葱葱,草长莺飞,花开果熟,炫彩多姿,已然换了一番天地。且看百果园里那些果树便可知其盛貌。

甘蔗林"篱笆"

池塘边,先前篱笆种下的大片的甘蔗林,此时已是晴天庇荫,雨天成景,亦可做篱笆墙,别有妙趣。

篱笆说,甘蔗种植方式简单,只要将截断的甘蔗段,横着放入挖好的田垄里,再将其表面覆盖上一层薄薄的土壤,经过半年的光景,便可以收获成片的甘蔗林了。

小木屋建成后不久,那些曾在池塘边默默无闻的甘蔗苗,经过烈日雨水的滋养,已经长成了一片片蔚然耸拔的甘蔗林,煞是喜人,自然也成了篱笆岛上最美丽的一道风

篱笆在成熟的甘蔗林中

景,华哥时常在甘蔗林为篱笆拍照记录生活。

夏日午后,在甘蔗林的绿荫中,篱笆和家人们常常一起品茗聊天,赏荷逗鸭,顺手砍掉一根甘蔗,一解馋渴,甜蜜的小时光如此惬意。

红色的香蕉

一年多后的某个清晨,当篱笆一个人走出童话小木屋,呼吸着新鲜的空气,闲庭信步穿越池塘边这片密密麻麻的香蕉林时,竟偶然间发现了初熟的红香蕉,她开心地叫来华哥为自己留下这难忘的瞬间。

高颜值的红香蕉　　　　　　"超生"的绿香蕉

红壳龙眼

除了红香蕉，篱笆还栽种了一种十分亮眼的水果——红壳龙眼。相比于普通的龙眼，红壳龙眼树的叶子和果实都是鲜艳的大红色，在百果园里也算是"百果丛中满枝红，花开时节动天地"，是篱笆岛为数不多的红色水果之一。

篱笆岛成熟的红壳龙眼

镇岛之树菠萝蜜

在海南的果园里，没有菠萝蜜的果园是缺乏灵魂的。号称世界上体形最大的水果的菠萝蜜，自然也成了篱笆岛的"镇岛之树"。

为了确保成活率，两年前篱笆选择从其他果园移植来一棵较为粗壮的菠萝蜜树苗，将其栽种于小木屋正门不远处的一处空地上，于红壳龙眼树遥相呼应，各自成景，又相得益彰。渐渐地，随着童话小木屋的竣工，风里雨里这棵菠萝蜜树竟也长成了这片百果园里最高的一棵果树。

第二年的盛夏，菠萝蜜终于孕育出了初熟的果子，第一次便结出

童话小木屋前的菠萝蜜

了三个圆滚滚肥嘟嘟的菠萝蜜"宝宝"，像极了初生的婴儿，很是招人喜爱。

有了"宝宝"的菠萝蜜更是深得篱笆和孩子们的喜欢，只要得空，他们母子三人便会盘坐在菠萝蜜树的绿荫下，仰着头仔细观察着菠萝蜜每一天的变化，孩子们有时还会哧溜一下爬到树上，和菠萝蜜宝宝来一个亲密接触。

转眼，左盼右等的菠萝蜜终于成熟了。如何完好无损地摘掉它们却也成了挑战。但这难不倒从小就擅长爬树的篱笆，只见她灵活地便爬到了树梢，利用杠杆原理，将砍掉的蜜用绳子捆绑好，使其一点点平稳落地。

孩子们看到平日里衣袂飘飘如仙女般的妈妈竟还有如此身手，好像是一个飞檐走壁的女侠，他们在树下忍不住为妈妈欢呼雀跃起来。

田园的幸福，或许就藏在这不起眼的小事中。但也正是这一件又一件微不足道的小事，构成了篱笆一家四口平凡幸福的烟火生活。

神秘的嘉宝果

如果你要问篱笆岛最珍贵的果树是什么,那篱笆会毫不犹豫地告诉你:它一定是嘉宝果树。要知道建设篱笆岛之初,单单是买下这株嘉宝果树苗就花去了一万多元,比百果园里其他果苗加起来的价格总和还要多。

很多人对于嘉宝果并不熟悉,那我们不妨来听听篱笆的介绍。

这么高端的果树,篱笆自然要把它安放在最醒目的位置了,那就是小木屋的窗户外。这样的设计,

童话小木屋窗前的嘉宝果

正契合了篱笆最初的心愿:推开窗,伸手就能摘到可口的果子,最是惬意。

千万别小看这一株并不起眼的小小嘉宝树苗,一年过后它不负众望,果实结结实实地挂了一树,成了最受孩子们欢迎的篱笆岛水果之王。

莲雾里的爱情

俗话说:一杯莲雾8杯水。炎炎夏日,劳作之余,随手采摘几个莲雾吃,正所谓甘甜解渴,清爽补水,也是一件美事。

在百果园众多的水果中,篱笆和孩子们最爱吃的要数黑金刚莲雾了。相比于市面上普通的莲雾,这种莲雾以个头大、甜度高、

水分足而闻名,吃一口青翠香甜,入口化渣,甜中微酸,风味怡人,回甘无穷,算得上优质的莲雾品种。

华哥喜欢吃甜度适中、清冽生津的黑金刚莲雾。在他的眼里,黑金刚莲雾味甘多汁,糖分也适中,是他的首选水果。

于是,房前,篱爸为华哥种上了几棵他最爱的黑金刚莲雾。屋后,华哥为篱爸亲手栽上了几株芭比莲雾。

童话小木屋建成了,莲雾也渐次成熟了。只见那一簇簇红彤彤的莲雾挂满了枝头,好像他们过得热气腾腾的日子……

芒果丰收

每年5月份左右,篱爸岛上芒果飘香,青紫相间的芒果挂满枝头,惹人垂涎。此时篱爸和家人们会一起摘芒果,共同享受芒果丰收的喜悦。

夏日莲雾大丰收

惹人垂涎欲滴的芒果

超生的木瓜树

只半年的时间,童话小木屋后这棵随手种下的木瓜树竟长得如此繁茂,还结出了累累硕果,看样子大有超生的潜质。

意外收获的野山竹

与儿女野外踏青,爬山郊游时,竟在篱笆岛附近一座不知名的野山上发现了珍稀的野生山竹,色泽鲜艳,果实饱满,实属意外惊喜。篱笆说:"热爱生活的人,生活总会在不经意的瞬间奖赏给他们一颗神奇的彩蛋。"

百果园里的水果远不止这些,走近篱笆岛,犹如闯进了一个鸟语花香、远离世事的世外桃源,在这里没有烦冗复杂的人情世故,亦没有灯红酒绿的喧嚣,唯有采花摘果的怡然自得和身心驰骋的旷达淡然。或许只有身处这样的环境中,我们才更接近自己的内心。

有花、有果、有蔬菜,篱笆

篱笆岛上硕果累累的木瓜树

漂亮的野山竹

岛上不仅有诗意的浪漫，而且颇具生活的烟火气，因为浪漫本就源于生活，脱离了生活的罗曼蒂克只会是昙花一现，而有了生活的根基，浪漫便成了生活最美的滋味。

当一切尘埃落定，篱笆常常伫立于小木屋内，忘了时间……窗外百果飘香，花草繁盛，举头碧空如洗，白云悠悠，远近高低，皆有雅韵。

甚至，她常常分不清眼前这到底是真实的美景还仅仅是一场美梦，她要深情地嗅每一朵花，温柔地抚摸每一枚果实，用力地拥抱每一缕阳光，才确认，这个曾无数次出现在她午夜梦境里的童话小木屋，真的变成了现实。

每一天清晨醒来，篱笆岛上都能发现意想不到的惊喜，在生活的下一个拐角，似乎总有幸福不期而遇。篱笆平日里喜欢记录生活，她将自己建设篱笆岛的田园故事制作成视频，发布在网上，分享给更多同样热爱田园生活的网友们，没想到一经发出就获得了千千万万网友的关注和支持。

更有大批未曾谋

生机盎然的小菜园

面的网友戏称篱笆为"美丽又智慧的篱笆岛岛主",表示通过篱笆的视频唤起了他们对于田园梦想的痴迷和热爱,让他们能够在不同的地方领略海南除了大海之外独特的热带田园风光,也让越来越多的人向往海南、热爱海南。

童话小木屋旁新开发的小菜园

清晨篱笆岛上姹紫嫣红的太阳花全部绽放了

篱笆和孩子们在童话小木屋前

第十五章 梦圆篱笆岛

从此,篱笆岛上,时光清浅,岁月如歌。追逐一个梦,相守两颗心,在篱笆和华哥共同创造的童话世界里,历似水流年,赏春华秋实,品人生百味。

一个人的清欢

午后的篱笆，一袭素衣长裙，蹁跹于篱笆岛一望无际的花海中。剪一段清浅时光，安放于锦瑟华年里，以娴雅淡泊之心续写着有关诗与远方的故事。

篱笆岛上，阳光明媚，万物生机。一年前篱笆亲手播种的太阳花如今早已郁郁葱葱，美得如同一张五彩斑斓的油墨画。每天清晨，随着婉转的鸟鸣声，迎着第一缕朝阳，一簇簇一团团的太阳花抖落昨夜的风尘，恣意舒展俏丽的容颜。

每每此时，总有淘气的大白鹅一不小心闯入这素雅画卷，破坏了宁静，徒增了情趣，倒多了几分不寻常的烟火气。

正如华哥常说的那样：篱笆的心里总是住着一个永远也长不大的小女孩。无论是飘着小雨的清晨，还是艳阳高照的晴天，或执伞漫步，抑或徜徉花海、沐浴阳光，篱笆每天的日常，便是与篱笆岛的一草一木热情相拥。

光着脚丫，轻踩着石板路上潮湿的青苔，用双脚感知每一寸土地的温润，用脚步丈量这一路的风雨兼程。山一程，水一程，如今，都已尘埃落定，虚无缥缈的梦终于变得渐渐清晰明朗，那么真实，又那么温柔。

劳作

清晨，天际刚刚泛起鱼肚白。伴随着阵阵鸡鸣，习惯早起的篱笆便起床开始了一天的劳作。一天之际在于晨，尤其是对于常年烈日当空的三亚，一日当中早晨的时光显得更为重要。

沐浴着清晨第一缕朝阳，清扫满地的落红，为庭院里的花浇水，细心地为它们修枝剪叶，是篱笆每天的生活，也是工作。经过篱笆每日精心照料的花园，四季流转，花开不绝，每一天都是姹紫嫣红的春天。被爱灌溉的花儿似乎亦多了几分灵气，每一盆都能开到"爆"。

在灶台前为孩子们准备一份色香味俱全的花园早餐，无论是西式的蛋挞、吐司面包，抑或是中式的馒头和包子，对于篱笆来讲早已信手拈来。虽然只是简单的早餐，但篱笆的餐桌上一定不会缺乏仪式感。"就地取材，只要你有一颗热爱生活的心，生活处处有精彩。"篱笆说笑着，随手摘取了庭院前的蓝雪花为餐盘做好了装饰。

孩子们上学去了，华哥也不在家，但篱笆丝毫不会觉得孤单。她

篱笆清扫庭院前的落红

说，有这一大片的田园与自己做伴，生活中那么多有趣的事忙都忙不完，哪有时间胡思乱想？更没有时间在这里顾影自怜。

花园一角，篱笆新开垦出一片小菜地，她计划给孩子们种上他们最喜欢吃的茄子和西红柿，还要在地头留出一片地方，种满凤仙花。待到鲜花盛开时，亦到了蔬菜成熟期，赏花摘菜，诗情画意，不经意间就把生活过成了一首诗。

春华

四季如夏的海南，北纬18度的浪漫，阳光、沙滩、海水，承载了多少人对浪漫的全部想象，这里似乎天生为诗意而生。

春去秋来，寒来暑往，这里虽未曾有落雪之趣，但光阴的滋养中，篱笆岛上，童话小木屋的屋檐上，丝瓜藤蔓染绿了整个夏天，缠绕出一季又一季的清凉。

篱笆岛一处不起眼的角落，一年前曾是一片荒芜之地，如今也成了篱笆最爱的茉莉花海。晴天时赏花，雨天时观景，亦动亦静，皆有风情。摘一朵小花簪于发梢，采撷一篓花心

篱笆采摘盛开的茉莉花

篱爸采花插花

晾晒煮茗，哪怕什么也不做，只是安静地坐卧于洁白馨香的茉莉花海中，任凭头顶的白云载着悠悠心事越飘越远，也是对岁月无声的告白。

无论你的身心有多么疲惫，只要置身花海，闭上双眼，用心感受一朵花幽然而至的暗香，所有的劳顿便在不觉间烟消云散了。

雨落成诗，花开有情，千娇百媚，各有风韵。篱爸岛上，童话小木屋里的生活，练就了篱爸一颗诗意柔情的心，还有一双细腻的善于发现美的眼睛。

篱爸常说：生活本平淡无味，但我们依然可以用双手努力创造自己想过的生活，用心把我们的日子过得热气腾腾。

正是对生活如此这般的热情，一把野地里干枯的毛草根，一撮不打眼的百日草，抑或是路边不知名的小野花，在篱爸的眼里，都有着独一无二的美。

田园劳作之余，采撷一束芳菲，插于案几，置于窗台，目之所及，皆为美好。时光如水，日子也在指尖的忙碌中活色生香起来。

夏季，篱笆岛上花开遍地，芳菲正浓。每天清晨篱笆都会到花园里采摘雨露微沾的花朵，将它们精心修剪后插在案几的花瓶内，焚香听曲，闲坐品茗，皆有妙趣。

种下一粒粒小小的种子，竟在半年后收获了一大片的向日葵，伫立于向日葵花海，篱笆恍若隔世。

篱笆在向日葵花海中

"看哪，我竟把凡·高笔下的《向日葵》变成了现实！"篱笆笑容灿烂，像一朵恣意绽放的向日葵。

每年8月份，经过了充足光照的向日葵成熟了，一盘盘向日葵花盘结满了密密麻麻的瓜子，它们谦逊地低着头，等待女主人收割的那一刻，就此它们的芳华便也圆满了。

通常，篱笆会和孩子们一起收获向日葵，让孩子们在田园劳作中感受一粒种子的神奇。

葵花子晒干后一部分成了篱笆和家人的饭后零食，一部分被篱笆加工制作成菜籽油，还有一部分留作种子，待到明年时，再播种出一片向日葵花海。

花开时是美景，花谢时亦喜人，大自然总是这样，只要你对它付出一点点的爱，它总会千倍百倍地回应你。初秋的傍晚，篱

篱笆的田园生活
TIAN YUAN SHENG HUO

篱笆和儿子一起晾晒葵花子

笆怀抱着大堆成熟的向日葵花盘,满载而归。

夏日的午后,一觉醒来,蝉鸣嘶嘶,篱笆岛的池塘里花开满池。劳作之余,静坐池边,静煮时光,等待一朵莲苞的绽放,让岁月慢慢老去……

这世上没有一份工作不辛苦,没有一处人事不复杂,没有谁的人生是容易的，你我都在努力地生活。如果有一天，你累了，不妨试着回归自然，看倦鸟归林，踏漫山红叶，赏一池秋水。每个人，仅仅拥有此生此世是不够的，我们的内心还需要有一个诗意的世界。

秋实

只管耕耘，莫问前程，时光自会打赏。你播撒的每一份希望，你流入土地的每一滴汗水，大自然都会给你丰饶的回报。

篱笆岛上，篱笆每一天都在播撒希望，每一天都在马不停蹄地收获。

在篱笆的田园生活中，简单的水果也要吃出不同的仪式感。"仪式感，不等同于繁文缛节，而是对生活最高的礼赞。"篱笆常常这样讲。

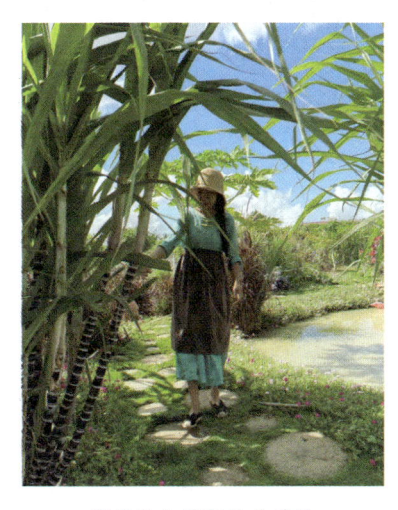

篱笆岛上茂密的甘蔗林　　　　篱笆在篱笆岛惬意的生活

睡一个无边无际的午觉，醒来后闲坐于庭院茶台处，一边赏花吃果，一边品茗沉思，有时也会邀三两好友，闲话逗趣，亦是怡然自得。

"感恩生活，感恩经历，感谢华哥的爱，感谢华哥陪我走了这么远的路，此刻在这份触手可及的美好里，我终于实现了那个'面朝大海，春暖花开'的梦。"——篱爸写在日记中的话。

篱爸岛的午后很长，长到可以慢观天上的白云，长到可以等待一场黄昏的告别，长到可以聆听这一生的故事。在这里，你可以放心地抖落掉一地的红尘，关上手机，远离尘嚣，安静地享受一个人的恬静时光。你也不必担心误入藕花深处，因为无论走到

篱爸招待朋友精心准备的果盘

篱爸的下午茶果盘

篱爸亲手制作的果盘

篱爸制作的蜂蜜柚子茶

哪里，都是归途。在这里，相爱的人可以相守到老，朝朝暮暮，地老天荒。

雨季到了，淅淅沥沥的小雨下了许久。雨中的花园，丛林翠滴，果儿尽洗，百花含露。撑一把江南的油纸伞，在烟雨蒙蒙里漫步于园野，所到之处皆有风情，和晴空万里时相比，有着迥然不同的凄然之美。

篱笆一个人的下午茶时光

滴滴答答的雨声里，听蝉鸣蛙叫，看碧池涟漪，待晴天潋滟。在这里，你可以和篱笆一样，循环播放一首经典的老歌，在歌声里，去想念，抑或忘记一个人、一些事。

待雨过天晴之时，好像什么都没有发生过一样。

生活是琐碎的，但不要让生活的琐屑磨掉了你所有的光彩。生活固然平凡，但依旧可以通过我们的双手，活成我们想要的样子。

闲趣

田园生活，静谧美好。只闻花香，不谈悲喜。修篱种花，不问过往。一家人，一个花园，几亩菜地，是一天，也是一生。

"唯有脚踏泥土，才能心安。或许前世的我，早已与这园结下了不解的情缘，今生的相守，不过早已注定。我要用画笔，将此时镌刻为永恒，生生世世，不会忘却。"说话时，篱笆的眼睛里似要淌出一汪秋水。

篱笆岛上的田园时光，静谧、祥和又柔软，生出了篱笆画画的灵感，她画花，画鸟，画山水，但画得最多的还是俊逸灵秀的花仙子，又或者说她不过是在画自己罢了。

大白鹅"伊丽莎白"

雨季里，静坐于屋檐下，听雨声，看落红归于尘土，着一袭素衣长裙，画一幅心中所念，是释放，亦是倾诉。晴日里，茶案处，焚香听曲，春意渐浓，花红柳绿中有暗香浮动，执笔作画，酣畅淋漓间便可韵味天成，风流自得。

田园绘画，是儿时的梦，曾经的篱笆，买不起画笔，常以大地做笔，天马行空。而今作画，一笔一画，皆是心路。历经世事后，安之若素，归来依旧是少年。当一颗心静了，世界也跟着安静了下来。

篱笆说，要做一辈子的花仙子，也要画一辈子的花仙子。或许，时光易老，沧海桑田，哪怕有一天自己风华不再，眼眉低垂、鸡皮鹤发，但只要梦不老，一切都会是只若初见。

绘画之时，常有田园萌宠绕膝相伴，于无形多了几分灵趣。

花园菜地，散养鸡鸭鹅乃一大忌，因为动辄便会被这些小动物啄食得体无完肤，但篱笆花园里的这些小动物，不仅一个个被养得膘肥体壮，而且还有着超乎异常的灵性，那就是从不会伤害女主人辛苦养育的花卉绿植和蔬菜。万物有灵，在篱笆花园里的这群家禽身上得到了充分的印证。

这个和女儿同一天生日的"伊丽莎白"，可是它母亲娇贵的"独生子"，更是一家人心尖上的明星萌宠，甚至被篱笆女儿带在身边，寸步不离。被爱包围着长大的"伊丽莎白"终是没让篱笆一家人失望，刚柔相济的它可谓静若处子，动若脱兔。不仅是篱笆岛上威武神奇的防蛇勇士，而且还成了家人们最亲密的小伙伴。

篱笆作画时，它常常一声不响地默默陪伴左右，好像一个懂事的孩子。

篱笆说，这世上没有一处风景能抵得过自己亲手打造的这片田园；这世间最美的路，便是那条回家的花荫石板路。

"万物可爱，生命有灵。此生，我愿化作一道道的篱笆墙，永远守护好我的家园。"篱笆在自己的画作旁题词。

此时，正值黄昏，淡黄色的光晕将天空笼罩了一层薄薄的云雾，像上帝舞动的霓裳，又像是天使挥舞的翅膀。搁置画笔，脱掉鞋子的篱笆，赤脚踏入温润的泥土，任晚风抚动长发，走向绚烂的彩霞深处，时光也开始变得柔软起来……

两颗心的相守

黄昏的告白

岛上的生活,每一天都像旧绸子上的珍珠,在如水的时光中熠熠生辉,而总有那么几颗,格外光彩夺目,成为篱爸生活里无法忘却的温暖记忆。

那日的篱爸岛上,黄昏的霞光温柔得像一场告白,茵茵草木在晚风的亲吻中摇曳着它们的婀娜,倦鸟归来,鸭群返巢,清朗的海风吹散了白昼的燥热,空气里弥散着安然的宁静。

沉醉,沉醉,不知归路。此时,劳作了一天的篱爸和华哥终于松了一口气,他们张开手臂瘫软地躺在小木屋不远处的一处山坡上,等待一场久违的落日,等待夜幕蹁跹降临,再次将他们温柔拥抱。

就像十几年前他们初到三亚时那样,只是,那时候的华哥两鬓还未斑白,篱爸的手也没有这般粗糙,那时的他们也曾一起躺在大东海海边山坡上吹海风,相约一场黄昏,等待一场日落,期盼一场花事……站在时间的渡口,回忆汹涌袭来,十几年的岁月仿佛弹指一挥间。

十几年过去了,岁月在他们眼角留下细纹,风霜晕染了他们的鬓角,唯一不变的是他们相濡以沫的爱情,在风雨相伴的岁月里,他们早已成为了彼此无法割舍的唯一。

想好好爱你,一生还是太短。我想没有什么比这句话更能契合此刻他们的心意。

夜幕在晚风中一点点低垂，篱笆和华哥的手也不知不觉握在了一起，十指相扣的两个人，再一次感受到对方热烈的心跳。世界，在此刻仿佛按下了暂停键……

"你等着，我给你变个魔术出来哈，你先闭上眼睛。"华哥的一句话，打破了静谧。

"好好好，我看你又要整啥么蛾子，现在难得也有点浪漫细胞呢……"篱笆絮絮叨叨嗔怪着，但还是微笑着闭上了眼睛。

篱笆和华哥在童话小木屋前

"当当当——"随着华哥的呼唤声，篱笆睁开眼睛来，竟看到华哥正手捧着一大束毛毛草和一大把不知名的野花。还别说，在夕阳的映射下，野花竟也别有一番情趣。

华哥单膝跪地，绅士般将鲜花举过头顶，俏皮地说："我亲爱的夫人，虽然路边的野花不要采，但这野花如果是送给老婆大人的，是不是还是允许采的？"

一句话，逗乐了篱笆，她一边捶打着华哥，一边迫不及待地将花抱在怀里。那一刻，她觉得自己是这个世界上最幸福的女人。

而那个告白的黄昏，篱笆说，这一生，她都不会忘记。

特别的纪念日

童话小木屋建成后的第一个情人节,对于篱爸和华哥来讲,有着特殊的意义,因为这一天也是他们结婚10周年的日子。

童话小木屋,是他们爱情的见证,也寄托着对未来幸福生活的美好展望。

16年前的华哥,一无所有,家徒四壁,却把最真的心全给了心爱的篱爸。

16年前的篱爸,灰头土脸,处处碰壁,在最好的年华里为梦想孤注一掷。

当两颗相爱的心惺惺相惜,便会顿生出无穷的潜力;当两个相爱的人十指相扣,再远的梦也能在指尖绽放。

16年岁月,曾有过颠沛流离,亦不乏至暗低谷,也有山穷水尽时,但只因为他们有了彼此,阴晴冷暖皆成了流年里变幻的风景,日月晴川里写满了对余生的期待。

篱爸在童话小木屋的日常

终于,在今天,他们可以坐在绿荫绕梁的百香果藤蔓下的摇椅上,笑着去回忆往事。

从16年前在大东海种下的第一片花海,到简陋破败的第一座小木屋,从一无所有到现在的事业爱情双丰收,再到如今一点点实现童话小木屋的梦想……

只有篱笆清楚,这一路,他们走得多么艰辛,他们又跋涉过多少泥泞。

时间,可以证明一切。华哥用16年的时间也终于证明,作为一个男人,他有能力让深爱的女子成为这世界上最幸福的女人!而篱笆也用了16年的青春,向全世界宣告:有梦想谁都了不起!

16年前,他们居无定所、一穷二白,而今,他们终将梦想变为现实,将生活融入梦想,不仅将田园事业做得风生水起,而且还拥有了一对儿令人艳羡的可爱儿女。

10周年结婚纪念日和孩子们

特别的日子,篱笆决定为华哥再次披上婚纱,在童话小木屋里,为他亲手做汤羹。

没有灯红酒绿的奢靡,没有推杯换盏的喧嚣,一座简简单单的小木屋,一顿普普通通的柴火饭,就能承载全家单纯的快乐。

"谢谢你,风雨飘摇里你始终抓紧我的手,没有你,就没有今天的篱笆。"

"谢谢你,让我遇见你。和你在一起的每一天,我都期待余生。"

在两个孩子的见证下,两个人深情凝望,许下爱情的誓言。纵使时光易老,爱你的心始终如初。

草木深深花有情,山野间华哥拔掉一根毛毛草,为篱笆做了一个心形的指环,并为她亲手戴上。他说,未来的路,还要一起慢慢走,走到白发苍苍,走到鸡皮鹤发,走到天荒地老……

最浪漫的事

偶有闲暇,汲水煮茶,与华哥对坐在小木屋的西窗旁,喝茶赏花,看夕阳缓缓下沉。

彼此守候,生活平淡踏实,只是偶尔他们也会感慨:这一年时光匆匆,红了樱桃,绿了芭蕉。时间都去哪儿了?他们也曾惊叹:曾经的荒芜之地,在他们的手中竟也成了这般令人流连的"桃花源",他们欣慰终于还是在时间的车轮下留下了生命最真实的印记。

"你觉得这一切值得吗?"一天傍晚,篱笆一边料理着手上的蔬菜,一边情不自禁地问华哥。此时,正有炊烟穿过小木屋的烟囱袅袅升起……

"只要是你喜欢的,无所谓值不值得!再苦再累我都愿意。"华哥不会说情话,但说这话时却让篱笆的心再度泛起涟漪。

爱情,往往能创造奇迹。

好的爱情,能减轻人生一大半的疾苦。它是黑夜里闪耀的恒星,让我们在琐碎里依然有仰望星空的期待。它是风雨里紧握的双手,叫我们在凄风苦雨里依旧有热爱生活的勇气。

择一处荒野,筑一所木屋,无世人纷扰。有了爱人的相伴,再难走的路也都会有方向,再深的时光亦不会觉得乏味,反倒平添了许多淡然静雅之心。

或许，在很久很久以后，沧海桑田，岁月流转，这里的一切都将不复存在，但这些都不重要了。重要的是他们已将爱情镌刻为永恒，印刻在无涯的时间荒野中。哪怕在很久的未来，他们不再年轻，到了体态佝偻的人生暮年，相信他们依然有勇气向对方说一声：这一生，我无悔，因为每一天我都在拼尽全力爱你。

三餐富足

篱笆岛,疗愈了篱笆童年的缺憾,也给了孩子们不一样的童年,更实现了华哥对篱笆爱情的承诺。

在篱笆岛上的每一天,篱笆都会遇见意想不到的惊喜,华哥守着篱笆,篱笆守着花园,晨起暮落,带着欢喜,带着爱与相信,去迎接时光中发生的故事。

一家人,一个梦,共同守着一份初心,三餐富足,四季温暖。在炊烟袅袅里氤氲出一圈圈幸福的光晕,迎着光将岁月打磨得流光溢彩。

花开花谢,草木枯荣,时光更迭。孩子们在这里奔跑,在这里嬉闹,在这里哭泣,也在这里长大……

和他们一起长大的,还有他们的厨艺以及可爱的小动物们。

昔日的小白兔长成了大白兔,宛若嫦娥仙子的玉兔,它欢快地跳跃在美丽的篱笆岛花园里。它是否也留恋于眼前这梦幻般

篱笆在欣赏自己的劳动成果

第十五章 梦圆篱笆岛

的美景，以至于久久不忍离去？此情此景，你是否也有片刻的恍惚，这到底是真实的世界，还是恍惚的梦境？

周末的午后，白云悠悠，像极了悠闲的一家人。篱笆带孩子们在甘蔗林里砍伐掉一棵甘蔗，于童话小木屋前搭起灶台，以天为幕，把地当炉，带孩子一起尝尝小时候的味道——烤甘蔗。

作为地地道道重庆人的餐桌，怎么少得了火锅呢？隔三岔五，篱笆岛上便会有一场全家总动员的花园火锅party。弟弟摘菜，姐姐摘果，妈妈炖汤，爸爸则做好后勤保障工作，一家人其乐融融，把每一帧生活都过成了一首首隽永温情的散文诗。

重视传统佳节，注重仪式感，是篱笆给孩子们的言传身教。中秋节前夕，篱笆和孩子们准备自己动手做一款田园风"花式月饼"。月饼食材：紫薯、地瓜、山

篱笆岛上长大的小兔子

和妈妈一起砍甘蔗

篱笆岛风味独特的烤甘蔗 　篱笆岛上的花园火锅 　　姐姐做月饼

药、南瓜均产自篱笆岛，无农药自然熟，可谓营养健康又美味。

"只要你有一颗热爱生活的心，日子总会在你的手里过得红红火火。"篱爸笑着说，你看，姐姐在耳濡目染中，渐渐出落得如妈妈般蕙质兰心，越发灵巧，做起美食来像模像样，俨然一个小小的美食家。

"你的梦想是什么？"篱爸有时会问起女儿。

"长大了我想做一个美食家，尝遍天下美食，每天都能给爸爸妈妈和弟弟做不一样的美食。"说完，女儿笑了起来，露出两颗可爱的小虎牙。

炊烟升起时，闲话庭院前，儿女盈盈笑，月上茶花梢。一屋，一院，一花，一世界，此一瞬，便是永恒。

将食材晾凉

姐姐教弟弟做水果芝士

四季温暖

这世上有风霜雨雪，因为有爱，你我便有了无惧无畏的勇气。人生有高山低谷，因为有爱，我们便有了抵御暗礁的底气。生活，明媚有时，晦暗有时，但只要和爱的人在一起，哪一天都艳阳高照，每一秒都如沐春风。

"谢谢你，温暖了我的四季。"一个平静的傍晚，篱笆和华哥并肩坐在篱笆岛开满茉莉花的山坡上，看远处漫天霞光笼罩着的田埂，不由得说出了这句话。

深深的爱，浅浅地说。

有人说："人的一生会遇到两个人，一个人会惊艳了你的时光，一个人会温柔了你的岁月。"

对于篱笆和华哥而言，他们的爱情，没有轰轰烈烈，亦没有山盟海誓，不过，是篱笆，惊艳了华哥的时光，而华哥，温柔了篱笆的岁月。

"年轻时，我陪你一起疯，一起追梦，一起摘天上的星星，把你当作我手心里的宝儿；年老时，即便我的身姿不再挺拔，我的眼睛也开始变得浑浊，但我依旧会用颤抖的手为你摘一朵小花簪在耳际，那时的你依旧是我眼里不变的唯一。"——华哥在用一生兑现对篱笆爱的承诺。

一双可爱的儿女，是爱的结晶，让田园的生活更加美好，也让人生趋于圆满。几亩花田，相守一生，儿女绕膝，瓜果飘香，三餐富足，四季温暖，大概这就是人们口中常说的"天荒地老"吧。

小木屋外，炊烟袅袅，繁星满天。

小木屋内，儿女绕膝，灯火如橘。

经历了风雨，能让人更加珍惜眼前的岁月静好，享受当下的每一缕阳光。用力爱，认真生活，让每一寸光阴都值得回首。

夜幕下的童话小木屋

女儿的生日

如果说梦想是有颜色的，那一定是天蓝色的。这梦里，一个女孩身穿淡蓝色飘逸长裙，宛若天使降临人间，衣袂飘飘，美得不可方物。

女儿不止一次在篱笆面前提及自己的这个梦，在女儿10岁生日时，篱笆决定在篱笆岛的童话小木屋里，亲自为女儿插上梦的翅膀。

亲手为女儿穿上精心准备的爱莎长裙，在小伙伴的阵阵欢呼中，女儿拉着小提琴从童话小木屋里款款走来，仿佛童话世界里走出来的公主一般，轻盈地踏着碧草茵茵的林荫小径，蹁跹穿过一簇簇的月季花海，缓缓来到莲池廊桥处，兴之所至，随心而动，演奏一首乐曲，让一串串快乐的音符穿过田野，越过山峰，飘向远方……

此情此景，篱笆的眼前不由得再次浮现出童年的自己，时光深处，那个趴在稻田地头，以大地当画纸，折枝条做画笔的小小身影……情到深处，不觉已泪眼婆娑。

回首来时路，也有风雨也有晴，只有她自己知道为了这一天，她默默地闯过了多少晦暗幽深的狭路，她长满了厚茧的双脚到底跋涉过

变身爱莎公主的女儿

多少泥泞坎坷。

好在,她吃的苦,在此时此刻都化作命运的褒奖,让自己的孩子从此不再如自己当初那般为了梦想颠沛流离。

篱爸忍不住再次提起画笔,仔仔细细地将对女儿的爱与希冀一股脑儿都倾注在了画纸上。浮生若梦了无痕,当爱有了出口,当岁月有了痕迹,生命也便留下了深深浅浅的印记。这些印记的意义,就是告诉这个世界:这个世界,我曾经来过。

万物可爱

"这世界上没有一处风景能惊艳过我的田园,也没有一种美好能媲美我的田园。我的生命是为着它而来,带着一种天然的使命。"篱爸说,大自然的万事万物,都自有其独特的美丽,一根不起眼的毛草根,也可以迎来自己的春天。扎根泥土,在田园里长大的儿子,在妈妈的影响下,从小就学会了敬畏自然、热爱自然。在他的眼中,大自然更像是一个神奇的宝藏,有无限种可能等待

儿子给妈妈编织的心形毛毛草

他去挖掘。

岁月悠悠，长路漫漫。一家人，一颗心，一个梦。篱笆和华哥用双手编织爱情的童话，从一片荒芜走向了繁花似锦，他们终于将岁月打磨成温柔的样子，过上了无数人梦寐以求的"往后余生"。

天下没有免费的午餐，唯有通过脚踏实地的努力得来的幸福才会长久坚定。

我本没有可以追求的事业；只因一份纯粹的热爱，我竟顺便把生活做成了事业

第十六章 田园之爱

篱笆对田园生活的热爱,像一束光,不仅照亮了自己的田园梦,而且也照亮了越来越多人的田园之梦。"独乐乐不如众乐乐",普及自然知识,宣传海南风光,分享自然之美,让更多的人爱上自然、爱上海南,成了篱笆田园事业中的不懈追求。

篱笆在茉莉花海采花

自然科普

随着生活节奏的加快和城镇化水平的提高,对于绝大多数生活在城市里的孩子们来说,他们每天穿着干净的衣服,住在钢筋混凝土的高楼里,穿梭在学校和家的两点一线上,几乎鲜有接触自然的机会。

"没有在大自然里奔跑过的孩子,不足以谈童年。"篱爸说,在她看来,自然乃生命之源,让孩子们近距离感受自然的神奇,体会自然的鬼斧神工,学会敬畏自然,与自然共舞,是每一个孩子成长的必修课。

随着儿女的陆续出生,在养育孩子的过程中,篱爸对于田园生活亦有了更深刻的理解。

料理田园之余,她决定要做一件有意义的事——开展公益类儿童自然科普活动,让更多的孩子们和自己的孩子一样拥有亲近自然的机会,弥补他们童年的缺憾。

当篱爸将自己的想法说与华哥时,没想到竟与华哥不谋而合,再一次得到了华哥的大力支持。于是,他们决定先从为身边孩子们做科普做起。就这样,华哥担负起活动的外联工作,负责公益活动的宣传及对外的沟通协调工作,而篱爸主内,负责在花园里开展公益活动的一切准备工作。

虽然在琐碎的田园劳作之余,开展类似的公益活动着实需要花费非常多的精力和时间,但在他们看来,这却是一件有着特殊价值和深远意义的事情,远非金钱所能衡量。

在华哥和篱爸的默契配合下，他们很快迎来了第一批到花园里参加自然科普活动的小朋友。

当小朋友们怀着好奇的心走近篱爸苍翠葱郁的花园时，他们兴奋的尖叫声顿时此起彼伏：

"快看，百香果原来是挂在藤蔓上的！"

"那只猫咪在和狗狗打架呢，它长得好像黑猫警长耶。"

"原来阿凡达生活的世界真的存在呀！"

……

带孩子们感受摘菜的乐趣

在庭院前等等的篱爸看到可爱的孩子们忍不住上前来和他们亲切地打起招呼来。她身着五彩仙女裙，身披薄翼般的纱衣，身后还"生"出了一对彩虹般的翅膀，粉面朱唇，笑靥如花，宛若花仙子般，从百花丛中款款走来。

孩子们再次沸腾起来，争先恐后奔跑着将篱爸围绕在中间，并称呼她为"花仙子姐姐"。

那一刻，篱爸恍若隔世，曾经那个没有裙子穿的小姑娘，在追梦的路上跋涉了十多年，如今在而立之年竟真成了孩子们口中的"花仙子"。酸涩、幸福、感动……一起如潮水般涌上心头。

第十六章 田园之爱

在篱爸的精心设计中，孩子们开启了一场奇妙的自然发现之旅。

就这样，年复一年，在田园劳作之余，在自己亲手创造的童话般的田园世界里，篱爸经常把自己装扮成不同的角色，有时是花仙子，有时是酋长夫人，有时又是白雪公主……她不断地尝试着从孩子们的视角走进他们的世界，带越来越多的小朋友来领略大自然的神奇奥秘。

有爱的花仙子姐姐

泥土

"小朋友们闭上眼睛，用力地呼吸，不知有没有和'花仙子姐姐'一样闻到花香呢？其实呀，大家可以睁开眼睛仔细看看，正是我们脚下的泥土孕育了它们呀，大家可以伸出小手感受一下泥土的温润，可以把它当好玩的橡皮泥哦。"篱爸慢慢引导孩子。

虽然有些孩子并不适应，生怕看似脏兮兮的泥巴弄脏了自己干净的衣服鞋子，但他们依旧愿意蹲下来，用小手亲自摸一摸泥土的质感，仔细闻一闻泥土散发出来的草香，而这些，都是平时城市生活无法带给他们的独特体验。

篱爸带孩子们感受阳光、触摸泥土

播种

"各位小朋友，你们是不是都会背一首诗，叫《悯农》？"篱爸问。

"锄禾日当午，汗滴禾下土。谁知盘中餐，粒粒皆辛苦。"孩子们脱口而出。

"那大自然可像是一位神奇的魔术师呢，它是怎么把一粒小小的种子变成我们每天都吃到的食物呢？想不想和'花仙子姐姐'一起感受一下？"篱爸的话瞬间激起了孩子们浓厚的兴趣。

于是，篱爸带着孩子们一起播种子，赏花园，摘蔬果，辨五谷，让孩子们在游戏中品味田园的乐趣，感受收获的喜悦。孩子们对大自然产生了浓厚的兴趣。

植树节当天，篱爸和孩子们一起劳动，在花园的一角开辟出一块新地，带着孩子们在这片土地上种下一棵棵小树苗，并告诉孩子们：有一天，它们会和你们一样，长成"参天大树"。

生命

只有在大自然中，才最接近生命的本质。

一个个破壳而出的小鸡，张开翅膀保护鸡仔的鸡妈妈，与篱笆一家人形影不离的大白鹅，还有菜地里随处可见的小瓢虫、花蝴蝶和毛毛草，让孩子们在自然界中感受万物独特的意义和价值。

万物有灵，当它们被温柔以待时，它们也总会以十倍百倍的爱来爱我们。

孩子们在观察鸡妈妈和小鸡仔

人和自然万物，本就是密不可分又相辅相成的一个整体。

艺术

田园生活是篱笆插花艺术的重要来源，自然之美，不仅仅是因为它的包罗万象、丰富多彩，还因为它也是古往今来无数人梦寐以求的精神家园。

从陶渊明的"采菊东篱下，悠然见南山"，到海子的"面朝大海，春暖花开"，再到如今篱笆勇敢逐梦篱笆岛，无一不体现了人们对于浪漫娴雅的田园生活的不懈追求。

将田园之美通过儿童公益活动淋漓尽致地展现出来，让孩子们感同身受，是篱笆开展这样的科普活动的初衷。

带着孩子们一起到花园里采摘新鲜的花叶枝条，折芭蕉叶做画纸，在大自然婉转的鸟鸣声中发挥天马行空的想象力完成一幅艺术作品，这些可远比在一成不变的教室里上课更能激起孩子们的兴趣。

传统

源于生活的艺术，才能散发出持久的魅力。篱爸会结合我国的传统节日，将传统文化巧妙地渗透到科普活动中来，于润物细无声中科普自然的同时，让孩子们加深对我们国家传统文化的理解，可谓"一举两得"。

端午节期间，篱爸在自然科普公益活动中加入包粽子、制作竹筒饭的环节，让孩子们在实践中体验传统节日的习俗，领略我国传统文化的博大精深。

三月三，是海南重要的文化民俗节日。为了庆祝节日，使孩子们更好地了解民俗，节日当天，海南的孩子们还可以享受一天的假期。数年来，篱爸多次在自己的田园里开展三月三公益科普活动，盛装和孩子们一起感受节日的浓烈氛围，教孩子们一起做苗族先民庆祝节日吃的五色饭，即将5种稻米分别用桑叶等植物浸染成黑、红、绿、黄等四色米，混合白米，蒸制成颜色艳丽的美味佳肴，让孩子们在实践过程中感受传统文化的魅力。

随着时间的推移，篱爸的科普活动也做得越发得心应手，她的用心、真诚和创意也得到了越来越多老师和家长们的认可。他

花园里的萌宠

可爱的小动物

们口口相传,将篱笆的儿童科普公益活动在朋友圈中广泛宣传,就这样,在口碑宣传和自媒体超强传播力的影响下,篱笆和她的田园生活被越来越多的人关注和认可,很多人带着孩子慕名而来,只为一睹她的田园风采。

随着业内知名度的不断提升,篱笆并没有半点浮躁之气。她经营田园事业的初心,不正是为自己带来快乐的同时,能够让更多的人看到田园之美、海南之美吗?

其间,也有不少媒体运营公司在她的身上看到了巨大的潜力和商业价值,不止一次地向她抛出橄榄枝,希望与她联合共同谋利,但都被篱笆毫不犹豫地拒绝了。她说,我是一个单纯的人,我只想单纯地去热爱,单纯地去做事,无论走了多远,我始终都不会忘记自己的初心。

篱笆教孩子们一起做美味的"八宝竹筒饭"

篱笆带孩子们一起创作

绽放华彩

生活总是这样，或许偶尔会有波折，也许有时会辜负努力的人，但它从来不曾辜负一直努力的人。

篱笆的付出终于为她的田园事业迎来一次千载难逢的机遇。因为她立足海南风情，热心儿童自然科普事业，得到了当地民众的广泛支持，在海南农业界已然小有名气，而这也恰恰吸引了央视节目《非常6+1》栏目组的特别关注，于是栏目组于2018年年底向篱笆发出了录制节目的邀请函，邀请她和两个孩子一起来到央视的舞台，将他们热爱生活、热爱自然的理念传播给更多的人。

没想到自己的田园生活竟被这么多人喜欢，更没有想到有一天自己种地也能登上央视的舞台。收到邀请函后的篱笆简直是做梦都不曾想到。

带着自种的蔬菜走上央视舞台

蔬菜也成了姐弟俩的玩具

当她把这个好消息分享给华哥和孩子们时,一家人瞬间沸腾了起来,激动得抱在了一起。

"太好啦!终于可以到北京看大雪了……"

"还有万里长城。妈妈快给我们买雪地靴,还有羽绒服吧,我们要玩雪!"

……

未曾见过雪景的姐弟俩已开始期盼他们即将启程的北京之旅中,邂逅一场幻想

"白菜公主"和"莴苣王子"

已久的大雪。虽然在后来到北京录制节目时,天公不作美未曾下雪,但那种幸福的期待如今想来依旧让人心绪难平。

就这样,篱笆带着一双儿女,精挑细选了些自种的生态蔬菜,来到了央视节目的舞台。

当女儿乖巧地提着盛满了黄瓜、胡萝卜、西红柿的小篮子走上舞台,落落大方地邀请主持人和所有嘉宾品尝时,她不仅将自家的蔬菜展示给大家,也将海南的碧海蓝天和优渥的自然条件带给了大家。在场的所有人无一不被这个可爱又机灵的小女孩打动,同时也引发了大家对于保护环境、热爱生活的热议。

正如一句话说的那样:热爱生活的人,无论走到哪里,都自

带光芒。因为他的身上,闪耀着幸福的光辉。

从此,篱爸的田园生活也受到越来越多人的喜爱和关注,她的田园事业也由此迈向了新的高度,更有媒体记者纷至沓来,希望篱爸谈谈未来田园的发展规划。

"如果说目前我的田园事业取得了一点成绩的话,我最想说的就是感谢海南,是海南成就了现在的篱爸。没有海南的好山、好水、好气候,我就无法实现'面朝大海,春暖花开'的梦想。在海南发展的里程碑上,我愿意增砖添瓦,将我的田园事业进行到底!让更多人看到不一样的海南风光!"篱爸常常这样回答。

篱爸和女儿在《非常6+1》的舞台现场

文艺情怀

篱笆的美丽田园不仅成了儿童的自然科普乐园，更成了无数文艺青年梦想的伊甸园。这是一座神奇的花园，葱郁、诗意又静谧。有人在这里找回初心，有人在这里重拾梦想，亦有人在这里发现爱、释放爱，终遇更美好的自己。

除了柴米油盐的琐碎，身为女性，你依旧可以通过自己的双手拥有星辰和大海。千万不要让生活的琐碎，磨灭掉你本身的光彩。三八妇女节期间，篱笆邀请数位女性朋友到自家的花园里一起采花插花，品茗闲话，别有一番诗情画意。

篱笆的花园因爱而生，也必将因爱而生生不息。踏着香艳柔软的玫瑰花瓣，在泥土温润、芳草清香的花园里向爱的人表白或求婚，亦是此生不能忘却的浪漫回忆。很多青年朋友想要一场与众不同的"山盟海誓"，每一次篱笆都认真地帮助他们策划，为他们量身定做一场独一无二的特别仪式。

在这座远离世俗喧嚣的花园里，你可以以爱之名，相聚田园，品茗叙旧，抑或是游园摘果，赏花踏青，小酌微醺，暂时忘却尘世累人的纷纷扰扰，安享一段舒闲自在的好时光。

你亦可以放慢平日里匆忙的脚步，闲看庭前花开花落，静观天上云卷云舒。看倦鸟返巢，听蛙鸣狗吠，闻百花齐放，涤荡心灵的尘埃，然后在这里重新开始一段新的旅程。

"人这一辈子，匆匆数十载，总要有些追求。感恩我过去的十几年的风雨奋斗历程，感谢永不言弃的自己。"——这是篱笆发表在自媒体平台的一段话,简短、平实,却又打动人心。

视频里,篱爸平静地讲述了这十几年来她是如何从一个灰头土脸极度自卑的小女孩,一步步走到了梦想的舞台中央,开始变得闪闪发光起来,最终活成了理想中的模样。

她的坚毅、勇敢和纤尘不染的浪漫主义情怀感染了无数素未谋面的文艺青年,他们中有画家,有作家,亦有一线大城市的奋斗者,在篱爸的视频里,他们看到了当一颗心有了

妇女节这天,篱爸邀请女性朋友们一起插花品茶

热爱,当梦想被插上翅膀,生命将绽放出何等的华彩,一个人又将变得如何光芒万丈。

于是,有的人不远万里,只为一睹她的风华,感受那份遗世独立的美好,洗净经年的斑驳底色,享受畅快淋漓的人生。也有人放下所有,舍弃尘世里趋之若鹜的名利,以清心的姿态流连于篱爸的深深庭院,涤荡尘埃,告别过去,从此山一程,水一程,等待邂逅人生下一场姹紫嫣红的花事……

一个人,要有多勇敢,才能在伤痕累累中依旧含泪奔跑?一个人,要有多富足,才能在一无所有时依然怀揣星辰大海?一个人,又要有多坚强,才能在颠沛流离中始终坚定不移?

不曾了解篱爸过去的人,都认为篱爸之所以能过上许多人梦寐以求的田园生活,大抵是因为她有着优渥的家境或者运气不错嫁给了一个让她衣食无忧的有钱老公。

但当你真正走入她的生活,你会发现:那些没有根据的猜测是多么肤浅。欲戴皇冠,必承其重。10多年前,当她顶着巨大的压力立志做一位农民时,就注定选择的是一条背离主流价值观的窄路。当许多同龄女孩子都化着精致的妆,在写字楼里吹着空调喝咖啡时,她却躬身弯腰挥着锄头挥汗如雨,脸上长满晒斑,手上全是老茧,可那时的篱笆才20岁出头哇!

那时,她不知道未来会怎样,

篱笆花园里的烧烤Party

爱生活的篱笆装饰老房子

网友为篱笆画的背影图

只是单纯地喜欢海子的那句"面朝大海，春暖花开"，并坚信只要持续耕耘，有一天梦想一定会开花。

10多年的岁月，酸甜苦辣千般滋味。有时如高山坠落，有时如在旷野漂泊。偶有困顿迷惘，但依旧和华哥相扶相持，在他们深爱的这片热土上一次又一次播撒希望。

10多年如白驹过隙，如今再回首，又仿若梦一场。"有时望着天边逐渐下沉的夕阳，回首来时路，似乎不知不觉便走到了今天。感恩那段深不见底的日子，让我有勇气孤注一掷为了梦想放手一搏。如果时光可以倒流，我想我依然愿意选择过这种虽然辛苦但却滚烫的人生。"篱笆动情地说。

每个人来到这个世界，注定有着他特殊的价值，不必苛求生命的完美，至真、至情，用心过好这一生，把每一天都打磨成喜欢的样子。哪怕结果事与愿违，那也一定是你生命过程里独一无二的繁华。

如果非要问为什么越来越多的人喜欢篱笆，我想这段话便给出了答案。篱笆之美，不仅在外表，更是在心灵。唯有深入骨髓的灵魂之美，方能动人心魂，摄人心魄。

扎根海南

"10多年前的海南,像一个母亲般张开怀抱将我这个到处碰壁的女孩一把揽入怀中,用她的包容、宽广、温暖,将我一点点治愈,让我在追梦的路上无所畏惧,拥有了现在的幸福生活。是海南成就了我,没有海南就没有现在的篱笆。"篱笆在直播时总不止一次流露出对海南这片热土特有的感情,说到动情处时声音有几分颤抖。

如果真的有前世之说,在篱笆看来,她前世或许就是花园里的

笑靥如花的篱笆和孩子们

一株并不起眼的三角梅,她之前所经历的所有颠沛流离都不过是为了抵达这里,去完成前世三生石畔的约定,绽放这一世的繁华。

用情之深,不必言表,在篱笆的田园生活中俯拾皆是。

三角梅是海南的省花,红色三角梅又是三亚市市花,也是篱笆花园里种得最多的花,白似落雪,红如霓虹,粉若柔波,玫像暖阳,一簇簇一团团,虽无牡丹之雍容,亦无玫瑰之娇柔,更无蜡梅之清幽,却用毕生的华彩旖旎写尽了"满园春色关不住"的热情,成了篱笆花园里备受网友们追捧的一种花卉。

篱笆特意将花园里的各式三角梅拍摄下来，制作成精美的视频，并配上意境悠远的音乐，上传到网络分享给全国各地的花友们。通过篱笆的视角，网友们惊呼：简直看到了不一样的海南之美。曾经的他们对海南最多的印象，不外乎阳光、沙滩和海水，没想到那不过只是大美海南的冰山一角。也有网友留言说：看了篱笆的视频，以后旅行哪里还用去什么马尔代夫，三亚就是中国的"马尔代夫"！

篱笆岛姹紫嫣红的三角梅

菜园里红色的西红柿

童话般的篱笆岛

三亚属热带海洋性气候，地处温暖的北纬18度，因其独特的自然资源和气候条件，几乎全年盛产各种热带水果。如果你想要了解海南的热带水果种类都有哪些，只需在篱笆岛百果园中随便逛逛便可了然于心，可以说篱笆耗时近三年才打造成熟的百果园，堪称海南热带果园之集大成者。

除此之外，身为重庆妹子的篱笆，总是尝试将家乡的物种移种到海南的土地上，探索不同地域、不同气候条件下植物的发展变化和生长状态。譬如她曾尝试将家乡的折耳根栽种在篱笆岛上，也曾试图将老家的桂花树移植在庭院廊前等，虽然有时难免以失败而告终，但她在这样的农业探索道路上逐渐总结出了一套自己的宝典，而对于她来说，这些远比书本上的理论知识更加实用精辟。

劳作之余，为了更好地记录生活，篱笆常常将一家人日常摘果子的视频拍摄下来，闲暇之余发布在自己的自媒体平台上，与天南地北的网友们分享她真实的田园生活。

在她的视频里，从未见过她的劳顿，有的只是一家人平静甜美的田园生活，种花、种果、种理想；摘花、摘菜、摘果子，成了她视频里田园生活的主旋律。

通过篱笆的视频，数以百万计的人看到了不一样的海南。他们看到，原来海南的鸡还可以在树上睡，海南的鹅可以活成宠物，海南的鸭可以不啄菜，海南之美竟如此追测不尽，令人回味无穷，心生无限向往。

| 篱笆菜园里巧克力果 | 木瓜超生啦 | 童话小木屋门前的小路 |

助力农业

在国家乡村振兴和新农人培养计划实施的大背景下，借助于自媒体的广泛宣传，篱笆以其特色鲜明的个人IP吸引了大波网络流量，深受全网500多万粉丝的喜爱，为海南农产品的推销、海南旅游资源的整合推荐、海南乡村经济振兴等方面做出了突出贡献。

互联网经济时代，篱笆深深懂得，唯有与时代接轨，在时代的洪流中顺势而为，方能在激烈的市场竞争中脱颖而出，更好地回报成就自己的这方热土。

于是，她一次又一次毫不犹豫地拒绝了众多慕名而来意欲与她进行商业合作共谋利益的网红孵化公司。在巨大的利益诱惑面前，她始终不忘那份简单的初心。

"如今是互联网时代，我们谁都不可能置身事外，但毕竟资本市场鱼龙混杂，所以我们千万不能不分青红皂白地全盘接受。我们要时刻提醒自己，我们的决定有没有偏离自己的初心。有句话说得好，'不忘初心，方得始终'嘛！"说话时，篱笆的眼神坚毅又平静。

简单的人，做简单的事，守着简单的幸福。不模仿任何人，不为名利所累，不戚戚于未来，脚踏实地，吃好每一顿饭，睡好每一次觉，过好每一天，分享真实的田园生活，是篱笆和华哥的坚守。

于是，纵使网络世界鱼龙混杂、纷繁复杂又真真假假，但篱笆始终以真实待人,无论是身边的朋友亲人,还是网络上素不相识的人,哪怕因为自身容貌遭到无数次恶毒的网络暴力,她也没有选择以恶制恶,而总是微笑着对所有人说:"容貌是父母给的,我们无法改变,但我们每个人都有资格通过自己的努力,去追求自己梦想的生活。我可以,相信你们也可以!"朴实的话语娓娓道来,令多少人不知不觉开始发现她的美,爱上她有趣的灵魂。

诗一样的女子,诗一般的生活。身为成年人,谁的生活又是容易的呢?谁的生活又不是一地鸡毛?可篱笆就是这样,纵使生活虐我千百遍,即便日子七零八碎,但依旧可以用诗意的内心将它们扎成一个个美丽的鸡毛掸子,成为生活里五光十色的小泡泡。

身处农村的她,抬眼满是星辰,胸中自有远方。在她一个又一个记录乡村生活的视频里,你丝毫看不到农田劳作的枯燥和远离市井的孤寂,你看到的是童话里才会有的世界:两个相爱的人,守着两颗素简之心,锦瑟年轮里养育着他们一对可爱的儿女,在这里过着幸福的生活。

"感谢篱笆姐姐,通过你的视频,让我相

篱笆和孩子们惬意的周末时光

信爱、相信梦想,也相信幸福……"

"我也曾是一个自卑的女孩,遇到喜欢的人和你一样不敢表白,不被父母重视,觉得自己一无是处,对生活一度心灰意冷。是你,让我看到有梦想谁都了不起,那些生命中的裂痕,最终都会变成我们人生故事里最美的花纹……"

"原来海南的农村也这么美,等我老了,带着我爱的她,择一处僻静院落,春赏百花夏采莲,秋扫落叶冬烧柴。愿得一人心,白首不分离……"

一个又一个网友留言的背后,是一个个被温暖的灵魂。篱笆说,此生不求荣华富贵,但求做一个温良的女子,温暖自己,亦照亮他人。

载誉归来

以梦为马,不负韶华,扎根海南的每一天,篱笆都用力奔跑在追梦的路上。除了养花种花,做儿童自然科普外,她还努力学习自媒体知识,通过网络直播方式宣传三亚好山好水好风光,以独特的视角带领更多人看到不一样的海南风采。

篱笆日常养花

"我喜欢三亚,喜欢三亚碧空如洗的蓝天,喜欢三亚温暖如夏的气候,更喜欢朴实无华的三亚人民。"篱笆说,自己一切的成绩全部依托于三亚得天独厚的资源优势,希望通过持续打造良好的个人自媒体IP,源源不断地将海南之美、三亚之美展现给更多的人,同时也利用自身的网络流量资源,不遗余力地帮助农产品滞销的果农们宣传推介,助力其开拓线上销售市场,解决他们"卖果难"的问题。

2020年7月,篱笆凭借个人独具特色的IP形象和对海南的突出贡献,被三亚市妇联重点关注并推荐参加海南省自贸港女性创新创业大赛。篱笆立足其自身田园创业经历,分享个人创业过程中的农业创意、新时代农产品销售新思路、直播带货推广等内容,全方位立体展示了自贸港建设大潮下不一样的海南魅力,一路披荆斩棘获得佳绩,获得赞誉无数。

2021年年初,突如其来的一场疫情不仅让海南的旅游业一夜间跌入冰冷的谷底,而且也让辛苦了一年的果农们面临着巨大的生存危机。通过新闻了解到这些情况的篱爸来不及想太多,年还没过完便和华哥一起奔赴海口、文昌等地,在当地农业部门的牵线组织下,主动联系当地农产品积压滞销的果农。凭借着一颗单纯的爱心,通过一场接着一场的直播,篱爸愣是帮助果农们卖出了20多万斤的芒果、9万多斤的木瓜,还有不计其数的椰子、火龙果、百香果等各类热带水果,极大程度减轻了果农们的经济损失。

　　天行健,君子以自强不息,地势坤,君子以厚德载物。一个对生活充满爱的人,一个对周围人充满悲悯之心的人,世界也必将以温柔待之。

篱爸荣登"中国妇女报社主办的《农家女》杂志"的封面

篱笆在"女性创业大赛"现场

终于,篱笆通过自己的努力,一次又一次站到了更高的领奖台,走到了聚光灯闪耀的舞台正中央,这一路,她足足走了近20年。

一袭飘逸棉麻裙,一双似月含情眼,一顶复古遮阳帽,体态婀娜,轻盈秀美,娴静时若临水照花,忙碌时若蹁跹梦蝶,亦真亦幻,虽远却近。这是篱笆给众多网友留下的美好印象。单是2021年一年的时间,她在自媒体的视频播放总量就高达20多亿次,这也让越来越多的人因此爱上田园,憧憬三亚,让篱笆迎来了人生一个又一个激动人心的"高光时刻"。

同年,她将"篱笆岛"注册为个人品牌,并通过她自己的"篱笆岛小店",充分宣传推介海南水果。水果均为树上熟,现摘现发,中高端果品销售成绩在整个海南水果销售市场中遥遥领先。单是百香果一项的销售量,在激烈的抖音线上竞争中,就排名第一,迅速拉动了海南相关水果的销售产业链,为宣传海南、助力自贸港建设做出了较为突出的贡献。篱笆被海南省相关政府单位授予"海南自贸港星推官""海南旅游达人星推官"等荣誉称号,并被三亚市农业局誉为"芒果助农大使"。

2021年，篱爸受邀参加涂磊老师主持的情感类真人秀节目《谢谢你来了》，讲述自己和华哥创业过程中一路走来的风风雨雨，感恩彼此不离不弃的深情陪伴。

2022年年初，篱爸应邀参加在海南三亚举办的"中国好主播"颁奖典礼，篱爸以其优秀鲜明的自媒体个人IP形象在众多主播中脱颖而出，深受各界网络媒体和三亚妇联、农业局等部门的认可。

低谷也好，高峰也罢，篱爸的心始终平静如水。晴天时赏花，雨天时品茗，不悲不喜，不骄不躁，继续埋头种好每一枝花，做好每一件事，是篱爸对人生的态度。

"生活平淡，用心就会发光。岁月沉闷，跑起来就会有风。"说完这句话，篱爸抬头望向远方，彼时花开正浓。我想，有关篱爸的田园故事，还在继续……

篱爸与华哥参加《谢谢你来了》节目

篱笆被评选为"三亚芒果助农大使"

央视新闻报道篱笆事迹

篱笆参加《中国好主播》节目

篱笆在中国农业大学展示自己种的水果